覆いかぶさって唇を重ねると、日夏は獰猛なキスを仕掛けた。開いていた唇の隙間から、舌を滑り込ませて唾液を絡める。何度も、何度も——この男が完全に籠絡するまで。

恋《こい》と服《ふく》従《じゅう》のエトセトラ

桐《きり》嶋《しま》リッカ

ILLUSTRATION
カズアキ

恋と服従のエトセトラ

1

世界が終わるならいまだ――と、これまでに何度思ったことか。

「死ね、ババア」

通話を絶ち切ったその指で携帯の電源を落とすと、森咲日夏《もりさきひなつ》は人気《ひとけ》のない屋上に乾いた舌打ちを一つ吐き捨てた。手にしてた携帯をひょいと後方に放り投げる。

ガツッ――と、防水加工の施《ほどこ》されたコンクリートから鈍《にぶ》い音が聞こえたが、壊れるなら勝手に壊ればいいと思う。いや、いっそ壊れてしまえばいいのだ。そうすればあんな耳障《みみざわ》りな声を学校でまで聞かされなくて済むのだから。

『おまえも十六になるんだからさっさと結婚相手ぐらい決めてしまいな』

そう居丈高《いたけだか》に告《つ》げた祖母の声が、うっかりした隙《すき》に脳内でリピート再生されてしまう。

「あー、クソ…ッ！」

耳に残っていたその声を掻《か》き消すように大声で一度気を散らしてから、日夏はゴロリとその場に身を投げ出した。鈍い溜《た》め息《いき》を拾った春風が、前髪を揺らして空へと駆け昇っていくのを、狭《せば》めた瞼《まぶた》の隙間から見送る。日夏の心とは裏腹に、四月の青空はいっそ嫌味《いやみ》なほどに晴れて澄んでいた。

千切れた綿菓子《わたがし》みたいな雲の間を、長閑《のどか》に鳥の群が横切っていく情景にすら苛立ちを覚えてしまうのだから、自分の神経は相当ささくれ立っているのだろう。

(――いまこの瞬間、世界が終わってしまえばいいのに)

小さい頃から何度となくそう念じてきた希望が、到底叶《かな》えられやしない無謀《むぼう》な願いであることぐらい充分解っていた。それでも望まずにはいられなかった願望。

自分が自分である限り、逃れられない檻《おり》の中で一生を終えなければならない――。

六歳で母親を亡くし祖母の家に引き取られて以来、日夏はずっとそう言い聞かされて育った。

それまで知らなかった生い立ちを、その身に流れる血潮《ちしお》の謂《い》われを、そして自身の体に潜《ひそ》む秘密を、毎日のように聞かされてはその「血」に従うよう叩き込まれた。この世ならざる理《ことわり》に従って、いずれは変貌《へんぼう》するだろう体を止めることができない限り、自分に逃げる術《すべ》はないのだとそう悟《さと》ったのはいつ頃だったろうか。

生まれ持ってしまった「運命」に逆らおうとはもはや思わない。

だが、迫りくるその足音をただ漫然と待つだけなんていうのは正直、性に合わないのだ。

運命の来訪《らいほう》が避けられないというのであれば――。

(こちらから迎え撃ってやるまでだ)

世界が終わらないのなら、こちらから世界を「変えて」しまえばいい。

そのためにできることがあるのなら、どんな手でも打って出てやる。

た前髪を温い春風に晒しながら目を閉じた。

じきに『獲物《えもの》』が、間抜《まぬ》け面《づら》を晒《さら》してこの場に現れることだろう。その気配を待って、日夏は伸び
（さーて、そろそろかな）

寝転がったまま低く毒づいたところで、三限の開始を告げるチャイムが鳴った。

「見てろよ、ババア…」


M区に所在する「聖グロリア学院」と言えば都内でも有数の名門校だった。

幼稚舎《ようちしゃ》から大学院までの完全無欠なエスカレーター制が輩出《はいしゅつ》する人材は、政財界をはじめとする各界に著名人を送り込んでいることでも広く世に知られる学院だ。——一般の認知度で言えば、恐らくはこの辺りが関の山といったところか。

『——ちなみにこの学校の関係者は人間ではない』

注釈として新たにそうつけ加えたとしたら、果たしてどれだけの人間が信じるだろうか？

創立者、教師、卒業生、またはその家族に至るまでが、残らず「ヒトならざる存在」であると。

（ま、信じるわけねーよな）

は？　何言ってんの？　そんな言葉が返ってくるのが妥当《だとう》だ。もしくは笑い飛ばされるか、ポカンと口を開けた挙句《あげく》に神妙《しんみょう》な顔つきで熱を測られるか。このご時世にそんな想像を真面目《まじめ》に巡《めぐ》らせてい

るとしたら、そいつはただのバカか重度の夢想家《むそうか》だ。……と言いきりたいところなのだが。

（これが夢だったらどんなによかったか）

残念ながら、それは事実に過ぎない。

知らないだけでこの世界には数多くの「人外の者」が、あたかも人間のふりをして紛《まぎ》れ込んでいるのだ。人の歴史の裏にひっそりと潜《ひそ》むように——というよりも、こんなふうに堂々と表舞台に進出しながら。そしてその事実を知っている者も、すべからく人間ではない。

聖グロリア学院の高等科・13Rに在籍《ざいせき》する日夏もまたその例外ではなかった。もっとも日夏の場合は一概《いちがい》にはそうとは言いきれないイレギュラーな面があるので、「人間ではない」という定義で言えば半分だけ合っている、というのが正解かもしれないが。

半分だけが人間で、残りの半分は魔物の血——その中でも「ウィッチ」と呼ばれる血脈が日夏の体には流れているのだという。

（ったく、どこのお伽話かっつーのな…）

六歳で引き取られた本家《ほんけ》で初めてこの話を聞かされた当時でさえ、大人って真面目な顔で冗談言っちゃうんだ…と妙に鼻白《はなじろ》んだ気分になったものだが、それが真実であることを知っているいまでさえも、たまに悪い妄想《もうそう》に取り憑《つ》かれているんじゃないかと思うことがある。

「魔族」——それがヒトならざる者の総称。

その血脈には大きく分けて三つの血種があるのだという。

一つは魔女の素質を引くと言われる「ウィッチ」、二つめは狼男《おおかみ》の素質を引くと言われる「ライカン」、そして三つめは吸血鬼の素質を引くと言われる「ヴァンパイア」。それぞれの血種には「素質」に応じた魔力が具《そな》わっており、魔族であれば必ずいずれかの能力を持っているのが常識だった。ただ個々にそういった特殊能力があることをのぞけば、見た目も身体機能も人間と大して変わらない。

（血の色でも違えば、もっと実感しやすかったろうにな）

口元に添えた右手の人差し指にきつく前歯を食い込ませる。ブツリと皮膚《ひふ》の裂ける感触がして、舌の上に鉄臭い味が広がった。歯型に添って小さく亀裂《きれつ》のように入った傷口を親指で圧迫すると、途端に溢れた鮮血がしばし指先で珠のような形状を保《たも》つのを眺める。

ヒトと何一つ変わらない、赤い血。

けれどこの血は確かに、一つの力をこの身に具えさせていた。望んで得たわけではないその力を持っているがゆえ、罵《ののし》られた日々を自分は生涯《しょうがい》忘れないだろう。

（いや、それこそが原動力——だ）

過ぎゆく風が、鼻先に淡い花の香《か》を運んだ。

目を凝《こ》らすと真っ青な空を背景に、桜の花びらがさらさらと横切っていくのが見える。四月もすでに中旬を越え、残る日数もそう多くない。遅咲きの桜も盛りを終え、散り急ぐ花々が敷地内のあちこちに点在しているのだろう。薄い花弁を孕《はら》んだ風が、ひらりと日夏の頬に一片の淡い朱を落とした。

思えばこの場所で四月の空を仰ぐのも、これで四度目だ。

新学期がはじまったからといって特に何が変わるわけでもなく、あえて変化を挙げるなら制服が替ったことぐらいだろうか。生徒や教師の顔触れも、生活のサイクルもほぼ変わらない日々が、これからまた三年続くのだろうと、容易に想像できてしまう未来が日夏には疎《うと》ましかった。

（意気込みだけは無駄にあるんだけどね…）

けれどそれだけで変わってくれるほど、世界は甘くない。それが現実。

正直、攻めあぐねているのが現状だった。巡る日々の色を変えたくて様々な無茶に手を出してきたつもりだが、けっきょくそのどれも功を奏さず、今日まで至る。悪目立《わるめだ》ちしたおかげで学校では「問題児」のレッテルを貼られ、本家の連中に苦《にが》い顔をさせるのには成功したが、それは却《かえ》って日夏自身の足を引っ張る結果にもなっていた。何をするにも教師の目が光るこの現状は、あまり好ましいとは言えない。

たとえば自分が人間だったら、たとえば母親が存命だったら――。

そんな愚《ぐ》にもつかない思考に捉われて、日夏は今日二度目の舌打ちをコンクリートの地面に空しく転がした。身じろいだ拍子《ひょうし》に擦《こす》れたブレザーが、背中で耳障りな音を立てる。

入学後たった数週間で、この制服をここまで粗末に扱っている生徒は自分ぐらいなものだろう。

校外を歩いていても一目でそれと認識される、謂わば看板とも言えるこの制服は魔族の間でも一種のステイタスを発揮するらしかった。魔族が経営する学校は他にもいくつかあるが、中でもグロリアは家柄、もしくはその能力が秀《ひい》でた者しか入学を許されない。この制服の背後には「名家の出」「将来有望」といった文字が否が応でもついて回るのだ。

一見英国パブリックスクール風の、この仰々《ぎょうぎょう》しい制服が日夏はあまり好きではない。深い暗緑色のブレザーの襟《えり》や袖《そで》口には金糸のパイピングが施されており、その左胸には校章でもある「月と星と太陽」を模したエンブレムが縫いつけられている。

（こんな制服、着てるだけで息が詰まらー…）

校則に習うならば、墨《すみ》色のタイは白いシャツの襟元を引き締めていなければならないのだが、日夏のタイは折り畳まれた状態でブレザーの胸ポケットに押し込められているのが常だった。おまけに第三ボタンまでが全開のシャツからは、しどけなく両方の鎖骨《さこつ》が露《あらわ》になっている。その窪《くぼ》みにだらりと下がった銀色のドッグタグが、陽の光を鈍く反射する。

教師や風紀委員にでも見つかれば即、咎《とが》められそうな風体《ふうてい》だったが、入学式にすらまともに参加しなかった問題児に正統な着こなしを要求する方が間違っている、とは日夏の弁である。——無論そんな詭弁《きべん》が通った例《ためし》はないのだが、それでもここ半年近く風紀委員のお世話にはなっていない。

（まあ、見られたところで逃げきるけどね）

回した両手を枕《まくら》代わりに、墨色のスラックスの脚を組む。脱げかけた上履きの踵《かかと》をぶらぶらと宙に浮かせたところで、ようやく待望の獲物の気配がした。

背後で静かに扉《とびら》を閉ざす音。

（しっかしずいぶん待たされたな…）

できることなら早く終わらせたくて、気配垂れ流しでこの場に構えていたというのに。これではその甲斐《かい》がない。

「ようやくのお出まし？」

寝転んだまま近づいてくる気配に声をかけると、「ああ、待たせて悪かったな」と、聞き覚えのある声が低い声で笑った。

（つーか、ホントに遅いっつーの）

チラリと視線を走らせた腕時計は、タイムリミットまであと一時間切ったことを示していた。今日は初めから午前の授業を棄てる気だったとはいえ、三限開始のチャイムから三十分近くもひたすら空を眺めていたのかと思うと、さすがに時間を損した気になる。

（そんじゃ秒殺——とはいかないまでも、せめて分殺させてもらいたいね）

本日のバトル終了期限は正午まで。エントリー人数七人のうち、日夏はすでに六人から認識票を巻き上げていた。この最後の獲物を数分で仕留めれば、昼休み前にランチ代を手に入れて悠々《ゆうゆう》テラスに向かうことができる。そもそも今日はこの賞金をあて込んでいたので、日夏の所持金は三桁《けた》にも満たない。秒殺にしろ分殺にしろ、勝たないことには日夏に「ランチタイム」は訪れないのだ。

とりあえず今回の賞金で昼と夜……明日の朝食は抜いたとして、次のランチぐらいまでは賄《まかな》えるはずだ、と脳内の電卓を叩く。

（居候《いそうろう》ってなツライ身分だよね、ホント）

軽い身のこなしでその場に起き上がると、日夏はブレザーの背中を軽く両手ではたいた。それから改めて近づいてくる人物に視線を向ける。

日夏にとってはここ数ヵ月で、急に馴染みの深くなった顔だ。

ブレザーの右襟に並ぶ二つの記章のうち、一つに目を留めて日夏は「へえ…」と目を細めた。長方形の枠内に彫られたローマ数字は学年とクラスとを表すものだ。そこには「Ⅱ—Ⅵ」とある。

「なんだ、進級できたんだ？」

「まあね。出席日数はぜんぜん足りてなかったけど」

「金と権力でゴリ押ししたって？」

「そう、ご名答《めいとう》」

ニッコリとそんなことを公言できるほどに、この男の面《つら》の皮は厚い。恐らくは広辞苑《こうじえん》なみ。

『真名瀬《まなせ》』といえばライカンの中でも、中堅《ちゅうけん》どころに位置する家筋だ。しかも傍流《ぼうりゅう》ではなくその直系とくれば、周囲も一目置かざるを得ない存在だ。家柄や血筋が何よりも重んじられる魔族社会において、これはかなりの重要ポイントだ。そして中でもこの次男は、それをいいことに校内でも校外でも奔放《ほんぽう》に振舞うことで有名なワガママ男だった。加えて「泣かした女は数知れず、泣かした男も相当数に上る」と噂《うわさ》されるほどの色悪でもある。——確かにこの男の顔自体は、基本的に美形の多い魔族の中にあっても目を惹くぐらいには整っているし、なおかつ能力のグレードも高いとくれば。

（そりゃ調子にも乗るわな）

　学年記章の下にある、もう一つの記章。金色に光るそのデコラティブなアルファベットは、一ヵ月前に刻まれていた「B」ではなく、それよりも一つ上の「R」を示していた。

「へーえ、ついでに昇格もしたってわけ。そっちはいくら積んだの？」

「ハハ、金で解決できるんならとっくにキングになってるよ」

　グロリア内において家柄に次いでものを言うのが、このチェスの駒になぞらえられた能力別階級制度だ。下から「P〈ポーン〉」「N〈ナイト〉」「B〈ビショップ〉」「R〈ルーク〉」「K〈キング〉」、またはQ〈クイーン〉と続く。年に二度実施される実技試験に合格すればワンランク上に昇格できるが、結果いかんによっては降格することもありえるので「春と秋は油断のならない季節」というのがグロリア生の共通認識だ。これればかりは家柄も金の力も及ばない実力の世界なので、この時ばかりはどんな生徒も真剣に臨《のぞ》む——ごく一部の生徒をのぞいては。

（ま、俺にゃ関係ねーな）

　新学期がはじまってすぐに行われた最初の実技試験を、日夏は登校すらせずにサボって終わった。どうせ受けても結果が変わらないのなら、それこそ時間の無駄というものだ。日夏の胸に刻まれたアルファベットが「B《ビショップ》」から動くことは、この先もそうそうないだろうと思えた。

　これが「問題児」の思わぬ副産物——実力だけならルークも充分と陰で囁《ささや》かれつつ、素行《そこう》の悪さとペナルティの多さで日夏はここ数年ずっとビショップに甘んじていた。名家の背景や財力にはなびかないものの、こういった校内の圧力には左右されるのだからお笑い草だ。試験を受けても降格こそされないものの、生活態度を改めない限りはその先の称号は与えないと、教師にも直々《じきじき》に明言されている。中には「土下座《どげざ》すれば昇格させてやる」と、悪趣味な冗談《ジョーク》を口にする教師もいた。

（そんなモンこっちから願い下げだっつーの）

誰かに屈《くつ》してまで欲しいものなど一つもない、それが日夏の信条だ。

この階級制度にしろ、家柄のランク付けにしろ、所詮《しょせん》は下らない物差しの一つに過ぎない。そう決めてから、日夏は一度も実技試験には参加していなかった。こうして周囲の者の記章が替わることで春が、または秋がきたんだなと思うぐらいだ。

「君より上位にランクしたんだけど、少しは敬《うやま》う気になってくれた？」

「それって冗談？」

「アハハ、どうだろう」

相変わらずヘラヘラとしたつかみどころのない男だ、と思う。目前で歩みを止めた真名瀬に、鋭く研《と》いだ視線を投げつける。この顔を見るのは一ヵ月ぶりだろうか。てっきりもう諦《あきら》めたと思っていたのに、なかなかに懲《こ》りない性格をしているらしい。

「久しぶりだよね、元気にしてた？」

「あんたにゃ関係ねーだろ」

「相変わらずつれないんだなぁ」

日夏の態度を気にしたふうもなく、真名瀬がライカンらしい薄茶の髪をサラリと掻き上げながら唇にイヤラシイ笑みを刻む。それから少しだけ長身を折り曲げると、無遠慮に日夏の顔を覗《のぞ》き込んできた。間近で不躾《ぶしつけ》な視線を注ぐ瞳に、正面から眇《すが》めた眼差《まなざ》しを返す。

「そんな仏頂面《ぶっちょうづら》してると、せっかくの可愛《かわい》い顔が台無しだよ？」

カチン――と。

こめかみの辺りに小さな苛立ちが募《つの》るのを、日夏は眉間《みけん》にシワを寄せることでどうにか堪えた。判りやすい挑発。そんな手には乗るまいと思うものの、だが腹立たしいことに変わりはない。

「あれ、怒らないんだ？」

日夏の反応を楽しむように笑いながら、真名瀬が曲げていた背筋をゆっくり元に戻した。

「ま、そういう膨れっ面も可愛いんだけどね」

「…………」

続く挑発にも乗らず、無言のままに視線だけで相手の隙を窺《うかが》う。

と、ふいに一歩前に踏み込まれて、反射的に逃げた肩を真名瀬の左手がぐっとつかんだ。薄い唇が意地悪げな笑みをじんわりと浮かべる。

「でも、そういう顔されると非常にまずいんだ」

「……何が」

肩の拘束《こうそく》を外そうと体を捻《ひね》ったところで、真名瀬の指が素早く顎《あご》下に潜らされた。そのまま捕らわれた顎先を強引に上へと持ち上げられる。

「だってかけたくなるじゃない、顔に」

「ふざけんな」

「もちろん、かけるだけじゃなくて中にも出したいよ。飲み込めないぐらいたくさんね」

外道《げどう》な台詞《せりふ》を次々と吐きながら、真名瀬がニッコリと今度は上品な微笑を浮かべてみせる。

——どこまでが本気でどこからが冗談なのか、読めない笑顔。それを渾身《こんしん》の目力《めぢから》で睨《にら》みつけながら、日夏は両手でつかんだ真名瀬の手首に力を込めた。だがビクともしないその拘束が、くぐもった笑い声とともにさらに強くなる。

「近くで見るとホントに可愛い顔してるよね。いまだに犯してないのが失礼なぐらいだ」

感嘆に満ちた声音が、うっとりとした調子でそんな戯言《ざれごと》を囁いてみせる。

「ったく、どういう基準だよ」

「そうだな。前からと後ろからどっちの方が感じる？　好きな方を選ばせてあげるよ」

（聞いてねーしな、この野郎…）

挑発というよりは侮辱《ぶじょく》に近い言葉の羅列《られつ》に、カチンどころではない憤《いきどお》りが沸々《ふつふつ》とハラワタを煮やしはじめる。見え透いた手の内に乗るのは好みじゃないが、この分だとじきに『禁句』まで言ってのけるに違いない。それまで理性を保つ自信は——ゼロに等しかった。

日夏が何より嫌うこと、それは自身の「容姿」と「体質」をからかわれることだった。

（あー、どうせ俺はチビで女顔だよ…）

男にしては華奢《きゃしゃ》な体型や、筋肉の乗りにくい体質なのか、鍛えたところでいっこうに逞《たくま》しくならない手足は、すんなりと少女のような細さをいまだに保っている。健康的な肌色をさらに際立たせるような、発色のいい柔らかな赤毛も自分ではまるで気に入っていない。

そして極めつけはやはり、顔だろう。美貌を謳《うた》われた母親に「生き写し」と言われるその作りは、どれも男としては無駄に愛らしく整っていた。見た目だけなら充分に少女と偽《いつわ》れるほどに。

小振りな鼻、ぷっくりとした赤い唇。瞬きに擬音《ぎおん》すらつきそうな、不揃いだけれど密度の濃い睫毛《まつげ》。全体的に小作りな造作の中でも、やや緑がかった瞳だけが不釣り合いなほどに大きく、そのアンバランスさがまたよけいに見る者の目を惹くのだろう。そして何よりも印象的なのが。

――その瞳に宿る、厳然《げんぜん》たる強い意志。

それだけが唯一《ゆいいつ》に等しく、美少女然とした容姿の甘さを裏切っていた。だがそれこそがより男の征服欲を誘うのだと、いらない忠告を何度受けたことか。

(そんなん知ったこっちゃねーっつうの)

好きでこんな顔に生まれたわけではない。選べるものならこんな家も、顔も、体質もぜったいに選ばなかったと断言できる。けれどいまさらもう、そんな余地がないのなら。

(手持ちのカードとして使うしかないだろ？)

誘ったつもりはないけれど、相手の挙動を狂わせた自信なら確かにあった。

瞳ではなく、この「唇」で。

「──ちなみに」

こちらの心中《しんちゅう》を読んだかのように、真名瀬が低い囁きを吐息《といき》交じりに零《こぼ》した。

「今日は何人、この唇で誘惑したの？」

顎先を捕らえていた指の拘束が、一本だけ外れてついと動く。それは日夏の唇に触れるぎりぎりのラインを、これみよがしに何度も往復してみせた。

「できれば俺も、この口でサービスしてもらいたかったな」

「なんならキスの一つでもくれてやろうか？」

「アハハ。それはありがたい申し出なんだけど、今日は遠慮しとくよ」

あいにくそこまで道化《どうけ》じゃない、と相対した瞳が物語る。さすがに同じ轍《てつ》を二度踏んでくれるほど、相手も馬鹿ではない。

（そりゃそうだよな）

真名瀬とはちょうど一ヵ月前の三月、春休みの直前に一度だけバトルで対戦している。あの時は日夏の勝利、それも圧倒的と言っていいほどの完勝で終わった。たかが「キス」の一つで。

（このまま触れずに逃げきろうって？）

「おっと、危ない」

「……ちっ」

試しに繰り出した舌の先制を、予測していたように避けた指がまた顎先を捕らえる拘束に変わる。

なるほど、その手できたというわけだ。自分が「問題児」として名を馳《は》せると同時に、別称として出回った「キス魔」の名のとおりこの唇さえ封じてしまえば勝てる、そういう公算なのだろう。だがそれでは蛇《へび》の睨み合いがいつまでも続くだけだ。

「で、どうするって？」

ただでさえ時間を食われているのに、これ以上長引かされるのは不本意だった。顎先を捕らわれたまま次の手を促すと、真名瀬が「そうだなぁ」と独り言のように呟《つぶや》いて首を傾《かし》げた。

「攻撃は最大の防御っていうよね」

「あ？」

「ってことで、ごめんね」

拘束が解けたと思った瞬間、真名瀬の右手が素早く動く。

（え——？）

先ほどは唇に触れもしなかった指先が、今度は躊躇《ため》いもなく口中に捻じ込まれていた。入り込んできた親指と人差し指とが、歯列《しれつ》を割ってその後ろで竦《すく》んでいた日夏の舌を捕らえる。

その行為の意味を探るよりも前に、チリ…と痺れるような感覚が舌を襲った。

（あ、しまった）

舌先から波及した痺れがじわじわと全身に広がっていくのを感じる。視界がゆっくりと傾いていくのを、日夏はなす術なく眺めているしかなかった。口中を犯していた指先が、唾液《だえき》の糸を引きながら抜けていくのを見送る。

不覚にも真名瀬の「能力」について、日夏は完全に失念していた。

『刻印《マーキング》』――確かそんなふうに呼ばれていたはずの力。

「この機会をね、ずっと狙ってたんだよ。君の唇を封ずる隙を」

力の抜けた日夏の体を、すべて予定通りといった調子で真名瀬の腕が抱き止める。

いま思えば、最初からすべてがこのための布石《ふせき》だったのだろう。悠長な態度も、挑発に満ちた言動も、この一瞬の隙をつくための戦略。それに気づかなかった自分の青さがいっそ笑えた。

「俺の指にマークされると、その部分は一時的に能力を失うんだよ。まあ、もっても三時間ぐらいだけどね。でもその間は体の自由さえ利かなくなる」

そうこんなふうにね、と言いながら腰に回された真名瀬の手がブレザーの裾から中に入り込んでくる。忍ばせた手でシャツ越しに体を辿《たど》られても、日夏はそれを押しのけることもできなかった。辛うじて動く指先で、向かい合った真名瀬のブレザーに縋《すが》るのが精々《せいぜい》だ。

「――チェックメイト」

真名瀬の冷めた宣告が聞こえた。

左手で日夏の背を支えながら、ゆっくりと前に回ってきた右手が剝き出しの鎖骨を撫でる。日夏の唾液でまだ濡れている指が、寛《くつろ》げたシャツの隙間からドッグタグのチェーンを引っ張り出した。

「さて、これでいちおうゲームオーバーなんだけど、どうしようか」

（それって冗談？）

あまりに見え透いたその言葉に、思わず片頬を歪めて笑う。日夏にすれば真名瀬は『獲物』の一人だったが、真名瀬にとっては日夏こそが『標的』なのだ。

この男の魂胆《こんたん》など最初から解りきっている。前回も、そして今回も。

（よく言うぜ。このまま終わらせる気なんか欠片《かけら》もねーくせに）

学院内にはびこる悪しき習慣《ゲーム》「バトル」には、大きく分けて二種類の方式がある。

一つは決められた時間内に参加者全員が認識票を奪い合い、最後にすべてを手にした一人が勝利を手にする「バトルロイヤル」方式。そしてもう一つが、あらかじめゲームに一人の『標的』を据え、『ハンター』としてエントリーした参加者全員がその目標を追う「ターゲット」方式。こちらのターゲットバトルの場合は標的のタグさえ手に入れれば、その参加者の勝利がそこで決まる。

——けれどこれには裏ルールがあった。標的を堕とした勝者には、時間いっぱいターゲットを好きにしていい特権が与えられるのだ。ターゲットバトルの場合にはあからさまにこちらの方が目当てな参加者も多い。当然それだけの危険を冒すこともあり、逆に時間内に参加者全員の認識票を奪った標的には多額の賞金が支払われる仕組みだ。

日夏がいま参戦しているのはこちらのターゲットバトルの方だ。それも『標的』としてエントリーしているので、この先の展開などわざわざ口にされなくても解っている。

「前回大人しく俺に犯されとけばよかった——て思うかもね。そしたら一人で済んだのに」

おもむろに真名瀬が口笛を吹いた。

それが合図だったのだろう。どこからともなく現れた人影が、日夏の視界に翳《かげ》りを落とす。一、二、三……真名瀬を入れて四人の人影。後から現れた男たちは真名瀬の取り巻き連中だろうか。あわよくば名家の威光《いこう》に与《あずか》ろうという、さもしい輩《やから》は数限りなくいる。

「君を貶《おとし》めたいヤツを募ったらこんなにいたよ。君はもう少し、言動を抑えるべきだね」

(ああ、なんだ。じゃ身から出た錆《さび》ってやつ?)

マーキングだけでなく、初めからここまでが仕組まれていたのだろう。

真名瀬の腕が緩み、日夏は力なくコンクリートに膝をついた。リミットまでそう時間は残されていないが、この茶番がそこで終わるとはとても思えない。

冷えたコンクリートに仰向けにされた日夏の体に、男が一人馬乗りになった。抵抗の色など見せていないにもかかわらず、顔の両脇に並べられた手首をもう一人の男に固定される。余った一人は日夏の足元に回ると、立てた膝を左右に割って足首を押さえつけた。

「ところで処女って噂は本当?」

声の位置から言って、真名瀬は右手後方でこの様を眺めているらしい。

やけに手馴れた手順にこれが初めてではないのだろうと悟る。真名瀬も、男たちも。

もっともバトルの特権などという大義名分《たいぎめいぶん》を得なくても、真名瀬にとってはこれが「日常」なのだろう。なにしろ、気に入った相手は力ずくでも屈服《くっぷく》させるのが「趣味」だと公言して憚《はばか》らない下種《げす》な男だ。――ちなみにこうしたタイプは魔族にはめずらしくない。ヒトに比べると、どうも貞操《ていそう》観念や節操というものが著《いちじる》しく欠如《けつじょ》しているらしい。

「さあね。つーか、あんたらにそんな度胸あるわけ？」

痺れた舌で挑発を吐き出すと、それにあっさり乗った馬乗りの男が強引に日夏の制服を開いた。ブレザー、続いてシャツのボタンまでが遠慮なく弾かれてコンクリートに散る。いくら大事に扱っていないとはいえ、ここまで粗末にされるのは正直腹が立った。

「てめえ、後で弁償《べんしょう》しろよ？」

「へえ、ずいぶん余裕じゃねえか。そんな口上がいつまでもつか、楽しみにしてるぜ」

言いながら上に乗った男の指が、肌の上にじかに滑らされる。鎖骨の間からゆっくりと下へ移動してきた指先が、へそを過ぎてスラックスの際《きわ》まで迫った。

反応を窺うように、そこでしばし動きが止まる。

「そういえば最近、あんた校内でなんて呼ばれてるか知ってる？」

「は？　知らねーよ。興味ねーし」

反抗は口だけであとはされるがままの日夏に安心したのか、腕と足の拘束がほぼ同時に緩んだ。曲げていた足を伸ばされて、馬乗りになっていた男が腿《もも》の方へとずり下がっていく。

カチャカチャ、と日夏のベルトを外す音が会話に割り込んできた。

「種付けしたい『メス』ナンバーワンだってさ」

「……あんたらの頭ってそういうことしか入ってないわけ？」

魔族のこういった風潮に馴染めないのは、自分が半分ヒトだからなのか——。

口を開けばそんなことしか喋《しゃべ》らないバカには、日夏もいい加減うんざりしていた。ライカンの誰が名器だとか、発情期《ヒート》前のヴァンパイアはよく締まるだとか、そんな流言にいちいち振り回されることすら「娯楽《ごらく》」と位置づけて愉しんでいるのだから、頭の痛い連中だ。気づけばそこら中に蔓延《まんえん》し、なおかつあちこちに飛び火してやまない「火遊び」という名のゲーム。

（くっだらねえ…）

「でもこいつ、成熟前なんだろ？　したら種付けの意味なくね？」

日夏の手首を押さえていた男が、手持ち無沙汰気味に上から顔を覗き込んでくる。

その襟元にある記章は「N《ナイト》」を示している。足元にいる男のものまでは判らないが、馬乗りの男には「B《ビショップ》」の文字が読める。どうやら大した面子《メンツ》ではなさそうだ。

「バーカ、だからいまのうちなんじゃん」

引き抜かれたベルトが、ひゅっと空《くう》を切ってコンクリートに飛ばされる。響いた衝撃音に、そういえば携帯どのへんに投げたっけ？　と日夏は場違いな考え事に捉われた。

けれどその後に続いた言葉が、うっかり緩みはじめていた自分の思考に喝《かつ》を入れる。

「成熟後にマジで孕ませちまったら、後が面倒だろ？」

「しかもこいつ、人間とのハーフだぜ？　ハイブリッドの子供なんか欲しいかよ、おまえ」

雑種《ハイブリッド》——と。

そう位置づけられるのが嫌いなわけではない。変えようのない事実をどんなに厭わしく思ったところで、意味はないから。けれどその単語に侮蔑の意味合いを含める気なら話は別だ。

「つーか俺、半陰陽ってお初なんだけど。体の造りは変わらねーんだっけ？」

（——ハイきた、ＮＧワード）

立て続けに語られる『禁句』に、日夏はようやく呑気な様子見をやめ、重い腰を上げるタイミングを計ることにした。

「あ、俺も初めてー」

「なー。どんな体してるか、ちょっと楽しみだよなぁ」

馬乗りの男が勿体《もったい》つけるように、スラックスから離した手を無防備な日夏の脇腹に添える。熱くざらついた掌《てのひら》に撫で回される感触は、形容しがたく気持ちが悪い。

「この変態」

そう吐き捨てると、馬乗りの男が喉《のど》を震わせて笑った。ことさら焦らすように滑った男の指が、スラックスの両脇に忍び込み腰骨を探る。

「いまのうちに精々吠えとけよ。じきに喘《あえ》ぎ声しか出せなくなるんだからな」

「ああ、後悔してもいまさらだぜ？　自分の言動のツケ、きっちり払ってもらうからな」

（やれやれ…）

いつどこで、などと覚えちゃいないが、自分はずいぶんと不興を買っていたらしい。だが。

(――それがどうした？)

自分の口が悪いのも、素行が悪いのもすべては自覚のうえでのことだ。知らないうちに買ってる恨みもあるだろう。バトルにかこつけてこんなふうに襲われるのも実はこれが初めてではない。――にもかかわらず、自分が賞金ランキング一位を走り続けているのはなぜなのか。

こいつらは考えたことがないのだろうか？

「ふっ……ハハ…ッ」

堪えきれずに思わず笑うと、不審げな四人の眼差しが注がれた。

「……なに笑ってんだよ、コイツ」

「知らねーよ。どっか切れちゃったんじゃねーの？」

収まらない笑いに腹筋《ふっきん》を震わせながら、日夏は視線だけで真名瀬の立ち位置を確認した。

まったく、笑わずにはいられない事態だ。魔族というやつは基本的に楽観主義なのだろう。どいつもこいつも、いつだって軽く引っかかってくれる。自分にとってはいいカモだった。

日夏は不定期に開催されるこのターゲットバトルの、『標的』参加常連だ。

(しかも負けなしなんだよね、これが)

真名瀬の策略《さくりゃく》に嵌《は》まったのは完全に自分の落ち度だったけれど、その後の流れをただ傍観していたのは何も勝負を諦めたからではない。茶番もこの辺りが潮時《しおどき》だろう。

（さーて、反撃開始と参《まい》りますか）

日夏の態度に、警戒を強めた手足の拘束が急に強まる。四方から痛いほどの注視を受けながら、日夏は重い首を動かして真名瀬のいる方向に視線を向けた。

「ところで真名瀬先輩、一つ頼みがあんだけどさ」

「うん、何？」

「俺の上に乗ってるヤツ、ちょっと蹴り飛ばしてくんない？」

言った直後、馬乗りになっていた男が鈍い音を立ててコンクリートに吹っ飛んでいった。真名瀬の蹴りが鳩尾《みずおち》にでも入ったのだろう。体をくの字にしたまま、男が激しく咳《せ》き込みはじめる。

「って、え——…？」

その場にいた全員の顔に、一斉《いっせい》に大きな疑問符が浮かぶ。なかでも一番混乱しているのは、日夏の言葉通りに蹴りを実行した真名瀬本人だろうか。

「あ、ついでにマーキングも解除してくれる？」

その言葉に操られるように、真名瀬がいまだ横たわったままの日夏の傍らに膝をつく。突き出した舌の上に指が乗せられた途端、一気に体中の痺れが抜けていった。

（オーケイ、これでやりやすくなった）

素早く真名瀬以外の面子に視線を走らせる。

無様《ぶざま》にコンクリートに転がってるのが『源《みなもと》』で、あとは『片瀬《かたせ》』に『住吉《すみよし》』——全員ライカンの、それも傍流だ。ランクはビショップが一人にナイトが二人。これなら楽勝だろう。

「――ああ、なるほど。いつの間にかもう堕ちてたってわけだ」

一人だけ納得したように、真名瀬が膝を折ったまま感嘆に満ちた呟きを零す。

その唇にはまたも愉快げな笑みが浮かべられていた。徹底した享楽《きょうらく》主義で名を知られるヤツだ。この状況をも楽しんでしまうことに決めたのだろう。

「それで、次はどうする？」

「決まってんだろ」

物解りのいい真名瀬と違い、残りの連中は依然この状況を呑みこめていないようだ。

緩んでいた拘束の下から素早く右手を引き出すと、日夏は虚をつかれている片瀬の前腕に唇を寄せた。舌を這わせると同時、命令を下す。

「とりあえず住吉を一発ＫＯ、踵落としがいいかな？　で、そのあと源と同士討ちね」

「え？」

間抜けな顔をしたまま立ち上がった片瀬が、半ば惰性《だせい》で日夏の足を押さえ込んでいた住吉に言葉通り踵を振り下ろす。ドス、という音とともに住吉の体が地面に沈んで動かなくなった。

「よっ、と」

自由になった両脚を振り上げて、数分ぶりにその場に立ち上がる。

腕時計の表示は十一時半、予定ではとっくに教室に戻っている時間だ。

「あーあ、時間食っちまったな」

チクショウ…と口では呟きつつも、その実それほどには参っていない。

真名瀬ではないけれど、日夏は途中からこの状況をわりと楽しんでしまっていた。こんな展開いつでもひっくり返せる——そんな余裕からついつい事の経過を見守ってしまったのだが、しかし。そのせいで制服は惨憺《さんたん》たる有様になってしまった。

(あー……こりゃ酷《ひど》いね)

三つあるボタンをすべて弾かれたブレザー。シャツに至ってはボタンを飛ばされただけでなく、生地自体が引き攣れて見るも無残な結果だった。覆水盆《ふくすいぼん》に返らず——になってしまったものは仕方がないので、とりあえずいまは後回しだ。剝き出しの腹に生温い春風がくすぐったかった。

傍らでは両者一様に、疑問符を顔に貼り付けたままの同士討ちがはじまっている。

「あんたも参加させてやろうか?」

コンクリートにしゃがみ込んで、物見高げにその様子を眺めていた真名瀬に顔を向けると、「いや、遠慮しとく」と、予想通りの返事が戻ってきた。

「体育会系のノリって苦手なんだよね」

「……ノリっつーか、俺がやらせてんだけどねアレ」

確かに優男《やさおとこ》然とした風貌の真名瀬に比べれば、いま殴り合っている男たちの体格はずいぶんと発達している。あんなのに本気でヤられたら堪ったものじゃないだろう。

一歩間違えば……という可能性が僅かばかりあっただけに、日夏は「やれやれ…」と軽い嘆息を零した。こちらの仕込みが終わる前にもし真名瀬の『刻印』を使われていたら、効力を発する前にタッチの差で能力を封じられていた可能性もあるのだ。

(ま、だから先手必勝なんだけど)

勝負はやはりコレに限る。そう極意《ごくい》を改めたところで、日夏は真名瀬に掌を差し出した。

「ん」

「何?」

「認識票プリーズ」

「ああ、ちょっと待って」

操るまでもなく、真名瀬が懐《ふところ》から取り出したチェーン付きのドッグタグをその上に乗せる。

(――作戦完了)

これで獲物の認識票はすべて手に入れたことになる。一昨年から順調に連勝記録を伸ばしているおかげで、日夏の賞金はいまや結構な額に跳ね上がっていた。

今日の昼飯は何にするべきか、すでにランチメニューへと飛んでいた日夏の意識を引き戻すように、真名瀬が座ったまま「――ところで」と日夏の顔を見上げてきた。

「今日の仕掛けはいつだったの?」

「そんなの素直に言うわけねーだろ?」

「あはは、やっぱダメかぁ」

場違いなほどに明るい声で真名瀬が笑う。

この男にとってはバトルも勝敗の行方《ゆくえ》も、ただの余興に過ぎないのだろう。公言している趣味にしても、所詮は退屈凌ぎの一環なのかもしれないと思う。名家の本家に生まれたがゆえ、振り翳せる権力と威光。だがその裏には逃れようのない責任と理不尽《りふじん》とも言える義務が張り付いているのだ。名家の直系に壊れた性質《ヤツ》が多いのは、そういった所以《ゆえん》もあるのだろう。

「また再戦申し込むよ。その時はもっと静かなところで、一日中可愛く啼かせてあげる」

「……他にいないのかよ、テキトウな獲物」

「うーん。いまんとこ全部、堕としてるからなぁ」

「悪いけど俺は堕ちないよ」

「だからよけい欲しくなるんだって」

圧《の》しかかる重圧を気にしたふうもなく、飄々《ひょうひょう》としていられるのは真名瀬の強さなのだろう。

定められた運命を受け入れ、そのうえで受け流せる強《したた》かさ。それは自分にはできない芸当だった。

日夏が迎え撃とうとしている未来を、この男は鷹揚《おうよう》と待ち構えているのだから。

流すも一手、立ち向かうも一手。――同じ一手ならやはり、一歩でも前に進みたい。

(嫌いじゃないいんだけどね、こいつのスタンスも)

もちろん、立ち位置でなく人柄を好きかと問われれば即、否《いな》と答えるが。

真名瀬の隣に一度しゃがむと、日夏も目前の不毛な同士討ちに視線を据えた。

「種は明かさねーけど」

一つだけヒントを挙げるなら。

「ま、思い込みには気をつけろって感じ？」

たいがいの相手は真名瀬同様、日夏の「唇」だけを警戒してくる。普段から日夏も意識して唇を使っているので、それは作戦の内だ。気づいたら流布《るふ》していた「キス魔」の別名も、日夏にとっては好都合だった。能力なんて隠してなんぼ、実戦となればなおさらだ。

日夏の力の発動条件、それは「キス」ではなく「体液感染」だった。

己の体液を通して自分の魔力に感染《インフェクション》させた相手を、言葉のままに操る能力。分類の末、教師たちに名づけられた能力名もそのまんま『感染《インフェクション》』だ。

何も唾液ばかりが体液ではない——。右手の人差し指に感じた痛みをそっと口に含むと、新鮮な血の味が舌の上に広がった。体液は多い方が能力稼動の効率もいいのだが、たとえ一滴の血でも相手の体のどこかに付着すれば感染《インフェクション》はなされる。この場合少々時間はかかってしまうが、それでも五分とかからず相手の体の自由は日夏の手の上に載ることになる。

「んじゃ、適当なところでアレ止めてよ」

「オッケー」

真名瀬が請け合ってくれたところで、日夏はスラックスを叩きながら立ち上がった。『感染《インフェクション》』の効力時間は、相手の能力や感染度合にもよるが平均二十分ほどだ。真名瀬が止めに入らなくても、正午前には片瀬にかけた魔力の効力が切れるだろう。

コンクリートに転がっていた携帯とベルトを回収してから、出口へと向かう。早いところ教室に戻って、主宰者から賞金を受け取って——。

（そういえば今日の日替わりって何だったっけ？）

早くもランチメニューに思いを馳せながら、日夏は屋上を後にした。

2

閑散《かんさん》とした廊下《ろうか》に、自分の乾いた靴音だけが響く。

シャツの合わせ目を片手で押さえながら、日夏は足早に教室を目指していた。

歩くたびに剝き出しの素肌を、校内のひんやりとした空気が撫《な》でる。さすがにこの格好で風紀委員や教師に見つかると後が面倒なので、なるべく猫背気味に、目立たないように先へと進む。

（こりゃ午後の授業も諦めっかな…）

月曜の午後は中高一貫しての系統別の選択授業が控えていた。今日は大会議室にて「現代魔女理論」の講義が二時間続けて予定されていたはずだ。大学部の教授をわざわざ招いての月一の特別枠だが、そもそもあの授業はアタリハズレが多いことでも有名だった。招く教授によっては内容のレベルが大幅にダウンするので、中学時代にはよく睡眠時間として利用していたものだ。

（このカッコだしな……自主休講でいっか、もう）

何しろ今日は天気がいい、サボりにはお誂え向きの快晴だ。テラスの日溜まりでうたた寝……いや、河川敷《かせんしき》で昼寝というのも悪くないプランだ。頭の隅でそんなことを考えつつ、ウィッチの専科棟に入ったところで日夏はぴたりとその歩を止めた。

（ま、いずれにしろ、その前に――）

片さねばならない案件が一つ。

「……さっきからどういうつもりか知んねーけどさぁ」

シンと静まり返った廊下に、低めた自分の声だけが響く。

本校舎まではどこからか漏れ聞こえていた授業中の騒音も、わさわさとした人の気配も、渡り廊下を越えたここまでは届かない。この時間、この辺りの教室が無人になることはバトル前のリサーチですでに確認済みだった。わざわざ遠回りまでしてこの廊下に向かった理由はそれだ。ここなら多少騒いだところで、誰かに見咎められるリスクは低い。不逞《ふてい》の輩を迎え撃つには好都合な環境だった。

「バレバレなんだけど、その尾行?」

言葉の成果を確かめるように、無人の廊下を振り返る。

(さーて、どう出るよ)

相手にしてみれば、こちらの出方は意外に違いない。

屋上からいまに至るまで、それだけ気配は巧妙に隠されていた。恐らく自分以外のヤツなら気づきもしないだろう――そう、自分以外が相手だったなら。

「あいにく、魔物の気配には敏感でね」

続けてそんな挑発を投げかけると、日夏は右手にある西階段に目をやった。普段からあまり使われることのないこの階段は、日中でもやけにひっそりとした雰囲気に包まれている。その空気に溶け込むように紛れていた気配が、ゆっくりとこちらに向けて踏み出すのが判った。

「——なんだ、バレてたんだ」

ややして防火扉の裏から、スラリとした長身が現れる。

途端に微かだった気配が急に鮮明になって、日夏は思わず片目を眇めた。波一つない湖面《こめん》のように淡々とした、けれど限界まで研ぎ澄ました刃物のような鋭さをその内に湛《たた》えた存在感。

(ずいぶん変わったオーラしてやがんな、こいつ…)

その冷めた気配にも、容貌にも、日夏はまるで覚えがなかった。

てっきり真名瀬たちのように、下らない理由で自分をつけ狙う輩の一人だと思っていたのに、その予想は見事に外された。ここまで見覚えがないとなると、編入生だろうか?

完全エスカレーター制のせいで、例年人員の入れ替えは皆無《かいむ》に等しいグロリアだったが、日夏のように、稀に神戸《こうべ》の姉妹校から編入してくるパターンも中にはある。その手合いだろうか。

(もっとも向こうでもこんな顔、見た覚えないけど…)

もし一度でも目にしていれば忘れるわけがない。

それほどまでに独特の雰囲気と、恐ろしく整った容姿とを目の前の男は持っていた。

規定通りの着こなしできちんと制服を纏《まと》った痩軀《そうく》。高潔《こうけつ》そうな薄い唇にはうっすらとした笑みが浮かべられていた。伏せ目がちな視線はこちらも淡い笑みを含んで廊下との境に据えられている。

その右目の下にだけ、ぽつんと墨を落としたような涙ボクロ。

それが切れ長の瞳ともあいまり、怜悧《れいり》な印象を色濃くしていた。どこか作り物めいた白い肌が、暗い光沢を帯びたチョコレート色の髪とのコントラストをより際立たせる。それはウィッチにしては暗く、ライカンにしては濃い不思議な髪色だった――。

「それにしても、ちょっと驚いたよ」

前触れなく持ち上がった視線が、真っ直ぐに日夏の姿を捉えた。

(――なんだ、これ…)

その刹那《せつな》、言いようのない感覚が胸を占めて日夏は無言で眉を顰めた。

懐かしいような、切ないような心地。けれど青みがかった眼差しと真正面からまみえるうち、その感覚はすぐに霧散《むさん》していった。

端整《たんせい》な顔立ちに不思議そうな表情を載せて、男が首を傾げる。

「うまく隠してたつもりなんだけどね。どうして判ったの？　俺の気配」

「さあ、なんでだろうな」

言うなればそれは、自分ならではの得意技だった。

日夏には『感染《インフェクション》』の他にもう一つ、特殊な能力が具わっていた。それは半分だけ混入しているヒトのＤＮＡがなせる業なのか、相手がどんなに気配を絶とうとも魔族の「気」を感知できること。

――白状するならさっきも、真名瀬以外の三人の気配はずいぶん早くから感じてはいたのだ。ただ負ける気がしなかったから放置していただけで。群れるヤツらはたいがい弱い。いや、弱いからこそ群れたがるのだ。だから逆に本当に危険なのはこういうタイプのヤツだと、日夏は知っている。

確かな自信と揺るぎない誇りとが、その背後に見え隠れするタイプ。

なによりその襟元で光るアルファベットが、日夏の気を引き締めさせていた。

(よりによってキングかよ)

学院の歴史の中でもこの「栄光」を胸に留められた者はそう多くないのだと聞く。日夏の知っているうちでも、キングの心当たりなど一人しかいなかった。

しかしたとえ相手が誰であろうと、売られたケンカは買わねばなるまい。

真名瀬がくるよりもずっと早くから、どこからか自分を観察していた気配。せめてその魂胆《こんたん》だけでも暴《あば》かなければ気が済まなかった。

「あんた、屋上のバトルもずっと見学してたろ?」

「なかなか面白い見世物だったよ」

「だったら見物料払え」

右足だけに体重をかけた怠惰《たいだ》な姿勢で、左の掌を上向けてみせる。

「へえ、有料なんだ」

男が感心したように唇の片端だけを上げて笑った。

たったそれだけの所作《しょさ》で、怜悧な雰囲気に酷薄《こくはく》そうな印象が上乗せされる。

「それは知らなかったな」

言いながらゆっくりとこちらへ近づいてくる、一分《いちぶ》の隙もない制服姿。

一歩、二歩…とその歩みを見守りながら、日夏はひそかに右手人差し指の傷口を押した。指先にぬるりとした血の感触を感じながら、相手が自分のテリトリー内に入ってくるのを待つ。

「それで？　いくら払えばいいのかな」

「有り金全部、置いてけよ」

「まるで追い剝ぎだな。そんなに欲しいんならあげるよ、こんなの」

日夏の三歩手前で止まった男が、スラックスのポケットから引き抜いた財布をこれ見よがしにその場で振ってみせる。

（何考えてんだ、コイツ？）

その言動の裏にはどんな企みがあるというのか。

見定めようとさらに視線を細くしたところで、「その代わり…」と男が尖った顎先を上げた。

「君が『娼婦』のように俺に抱かれるんならね」

「はっ、ふざけんな」

「もちろん複数プレイがお好みなら、適当に人数揃えるけど」

「いっぺん死んでこいって」

「確か、三万は入ってるはずだよ。ああ、君の一晩の相場《そうば》ってどれぐらいなの？」

「……とりあえず黙れよ、あんた」

ニヤリと歪んだ唇が黙るのを、日夏は疲弊《ひへい》しきった眼差しで見やった。

品のない台詞のオンパレードにもかかわらず、相対した眼差しに欲情の気配は見あたらない。

——この顔と体質のために「女」扱いされるのは昔からしょっちゅうだった。おかげで相手にその気があるのか、ないのか。見分ける術だけは嫌でも身についた。もしかしたら屋上での真名瀬たちとのやり取りを見て、単にからかう気になっただけなのかもしれない。何事もなかったようにスラックスに財布を戻す仕草を見ていても、それ以上の意図はないように思えた。

それにしても今日はこの種の災難に見舞われやすい日なのだろうか。

楽しいランチタイムがどんどん先送りになっていくのが何より忌々《いまいま》しかった。右手の先でぬるぬると血を弄《もてあそ》びながら、自分と相手との距離を視線だけで測る。

僅か三歩——踏み込むと同時、生身のどこかにこの指が触れれば『感染《インフェクション》』はなされる。

仕掛けてみるのも悪くない、か。

キングが相手であろうと自分の力が負け劣るとは思わない。とはいえ、相手の力が判らないうちは下手《へた》に動かない方が得策なのは自明の理だ。安易《あんい》な先手は時に窮地を招く——それが正論、正しき道理。もちろん頭では解っているのだが。

(でもちょーっと限界なんだよね……)

こめかみ辺りの血管が、そろそろプチンといきそうな予感があった。

ただでさえ屋上の一件でずいぶんイライラを蓄積させられたのに、もしこのまま相手の追撃が続くとしたら完全にキレるのも時間の問題だ。だがいざキングと事を構えるとなると、それなりに長引くだろう。戦闘自体には心惹かれるものがあるのだが、ゲームのタイムリミットは待ってくれない。こんなところで油を売っている暇はそもそもないのだ。

（……仕方ねえ、ここは大人になるんだ俺。――スマイル、スマイル）

己に強く言い聞かせてから、日夏は全身全霊を込めてとびっきりの笑顔を表情筋《ひょうじょうきん》に作らせた。ついでにチャームたっぷりに小首なんか傾げてみたりする。

「悪いけど俺、イチ抜けさせてもらうから」

「へえ、逃げる気？」

「あー、どうとでも言えよ」

要は向こうがケンカ腰でも、まともに取り合わなければいいのだ。もしくは後で買えばいい。そもそも金にならない戦いは卒業しようと、高校進学時に決めたばかりではないか。

「ケンカなら後日、バトルで買ってやるよ。だからあんた、消えちゃってくんない？」

自分としてはこれ以上ないほど、穏便《おんびん》な譲歩《じょうほ》案のつもりだった。

もしも感情のままに暴走してしまったら……――感染させた相手に自分でも何を命じるか解ったものではない。過去に一度それで失敗した経験があるので、できればそういう事態だけは避けたかった。

だが日夏が必死に総動員した理性を、男は脆《もろ》くも二言で突き崩してしまった。

「可愛い顔して中身は性悪、って噂は本当みたいだね。育ちが知れるよ」

「……うるっせーな」

（育ちなんか悪いに決まってんだろ、あんな家に生まれたら誰だってそうならー！）

言い返したい言葉をぐっと堪えたところで、右目の眦《まなじり》がヒクヒクッと軽い痙攣を起こした。

いまの言葉——一億歩譲って『可愛い』発言には目を瞑ったとしよう。積極的に認めたい事実ではないが、自分の顔立ちが無用に可愛くできてしまっているのは動かしがたい事実だ。仕方ない、とまだ言える。だが『性悪』呼ばわりには我慢がならなかった。この性悪が、とかつて自分を罵った者たちの声が脳裏に蘇る。

「いいかげん黙れよ…」

（雌猫だとか、男をたらし込む能力に長《た》けてるだとか…）

本家の口さがない連中の声までが、何重にもオーバーラップして聞こえるようだった。口づけで相手を虜《とりこ》にするなど嫌らしい力だと嘲《あざけ》った祖母。人間と駈け落ちした末に子供まで儲《もう》けた母親の咎さえ、日夏はあの家で十年間、その背にずっと負わされてきた。

誰が望んでこんな顔を、そんな能力を、ましてやあんな体質を手に入れたいと思うものか。怒りで支えを失った理性に止《とど》めを刺すように、二言目の暴言を男が放つ。

「へえ、そんな顔して男のつもりなんだ？」

（はい、ブチッときた——）

気がついたら床を蹴りつけて、日夏は制服の胸倉《むなぐら》につかみかかっていた。

「てめーの目は節穴《ふしあな》なのかよ、ええ？」

この制服が、平らな胸が、おまえの目には映らないとでも言うのか？

そう続けようとしていた言葉を思いがけず失ったのは——。

「————…ッ」

「ああ、本当に男なんだ」

男の手がこともあろうか、向かい合った日夏の股間《こかん》をいきなり鷲《わし》づかんできたからだった。

怒りも頂点を越すと頭が真っ白になるらしい。

「……てめえ、どういう了見《りょうけん》だ」

地を這うような日夏の声音にたじろいだふうもなく、男は肩まで上げた両手を広げると軽い調子でホールドアップの姿勢を取った。

「どういうもなにも、ただの確認だけど」

（へえ、確認のためなら他人の股間を鷲づかんでもいいってのか？）

いくら魔族に節操がないからといって、この所業は許されるものか——いや、否だ。

こんな男がどうなろうと知ったことではない。

（キングだろうと構うもんか）

思う存分、己の力を発揮してやろうと胸倉から右手を外したところで、男の手がそれを予測していたように日夏の手首をパシンと宙でつかんだ。

「ところで、タイムリミットが近いんじゃないの？」

「ああ？」

「もうじき正午になるところだけど」

言われて示された男の腕時計は、確かにあと五分で午前から午後へと切り替わろうとしていた。

「げ…っ」

ターゲットバトルにしろバトルロイヤルにしろ、期限を一秒でも過ぎてしまえばせっかく集めた認識票もただのドッグタグに成り下がってしまう。賞金を受け取る資格もその瞬間、泡と消える。

（それはまずい…！）

日夏の意識がブーメランのごとく現実に返ってきた瞬間。

「ってことで、ペナルティね」

「へ？」

カチッ…と冷たい何かが、捕らわれたままの手首に嵌められた。

「実を言うと、初めからこのために君を追ってたんだよ。授業ボイコットと制服着用規定違反、それから賭博《とばく》行為と……ああ、恐喝未遂《きょうかつみすい》もかな？　盛りだくさんだ」

カチカチッと立て続けに小気味いい音が鳴って、見ると自分の手首に水色のペナルティタグが三本かけられているのが見えた。つるりとした表面にゴシック体で「regulation《規制》」と並んでいる。

（って、まさかオイ……）

塩化ビニールのような素材でできたこのリストバンドは、柔そうな見た目に反し、どんな刃物でも切ることができない頑丈さを持つ。学院の特製だ。そしてこのタグには、その者が持つ魔力の何割かを強制的に制限する効力があった。それを行使する権利を唯一与えられているのが。

「――おまえ、風紀かよ」

「そういうこと」

学院の秩序たる風紀委員の手によってしか、嵌めることも外すこともできない「手錠《ハンドカフ》」。

おかげさまで一気に頭が冷えた。

やはり今日は日が悪いのだろう。さっきは真名瀬ごときに後れを取り、続いて得体の知れない風紀委員にまでこんな不覚を取られているのだから、厄日《やくび》としか言いようがない。

（水色ってことは十五かける三で……おいおい、四五パーセント減かよ）

それでもまだ赤色タグを複数かけられるよりはマシな処遇だ。タグの色は罰則に対して決まっているわけではなく、風紀委員個人の裁量《さいりょう》によって決まる。うっかり追加などされる前に、ここは逃げるが勝ちだろう――だがその前に。

「よっ」

振り下ろした右手で拘束を切ると、日夏は間髪《かんぱつ》をいれずに上体を捻って繰り出した左足で男の胴を狙った。咄嗟にこんな体力勝負で挑んでくるとは、向こうも予測していなかったはずだ。しかし一瞬のことだったにもかかわらず、左足にヒットの感触はなかった。

「チッ」

日夏の蹴りを背後に飛ぶことで逃れた体が、三歩向こうに余裕で着地するのを見送る。向こうにダメージを与えられなかったのは悔しいが、しかしこれで身の自由は取り戻せた。

それにしてもあれだけの敏捷《びんしょう》さを持っているとは、間違いなく目の前の男はライカンの属性だろう。後でぜったい、こいつの正体暴いてやる。そしてそのうえでリベンジだ。

「てめー、覚えてやがれ！」

悪役めいた捨て台詞をその場に残すと、日夏はすぐさま廊下を駆け出した。

全速力で戻ればどうにか、正午前に教室に滑り込めるだろう。バトルの主宰者とはもう数年来の付き合いになるが、身内だからといってタイムオーバーを見逃してくれるほど甘い相手ではない。さすがに所持金二桁で今日を乗りきれる自信はなかった。これは意地でも賞金を貰わねばなるまい。

「またね、森咲くん」

背後からかけられた声に一度だけ振り返ると、男が余裕の態《てい》でこちらに手なんか振っているのが見えた。風紀委員としての役割は終えたので、追ってくる気はもうないのだろう。

(つーかあいつ、俺の名前知ってんじゃねーかよ)

恐らくは日夏の性格も問題児っぷりも、すべて知ったうえで本当にからかわれていたのだろう。

(あンの野郎、ぜったいただじゃおかない…)

ぜったいに見つけ出して復讐《ふくしゅう》してやる。固い決意を胸に秘めながら、日夏はクラス棟へと繋がる渡り廊下を全力で駆け抜けた。

3

（逃してなるものか、ランチ代…！）

けっきょく日夏が教室に滑り込んだのは、タイムリミットまであと一分というところだった。

「なんだ、間に合っちゃったかー」

移動教室で空になった教室で一人、退屈気味に雑誌をめくっていたメガネがそれを見て、さも残念そうに肩を竦《すく》める。その仕草を憎たらしげに見やりながら、日夏はブレザーのポケットから引っ張り出した八枚のドッグタグを、開かれた誌面の上にざらざらと落とした。

「おらよ」

「はい、確かに。連勝オメデトー」

「俺が入ってきた瞬間、おまえ舌打ちしやがったろ？」

「はて？　何のことやら」

絵に描いたような惚《とぼ》け方をしながら、八重樫仁《やえがしじん》がトレードマークにもなっているブロウレスフレームのブリッジを人差し指で押し上げる。この野郎…と腹の底で思いつつ、日夏はとりあえずその向かいの椅子を引くと倒れ込むようにどさりと座った。さすがに全力疾走の後は息が整わない。胸に手をあて何度も深呼吸をくり返す日夏を見て、八重樫が「あらあら」と首を傾げてみせた。

「それにしても派手だねぇ、ソレ。まさか事後？」

「未遂に決まってんだろ、バカ」

「ああ、よかった。日夏のバージンはいまやウリなんだから、しっかり守ってくんないと困るよ？　じゃないと日夏をエサにしたターゲットバトルが組みにくくなる」

「…………だよな」

この格好を見て一番にする心配がそれか、ともはや突っ込む労力すら惜しい。こういう男なのだ、こいつは。人あたりのよさそうな外見とは裏腹に、画策好きの——金の亡者《もうじゃ》。

八重樫の普段の言動を見ていると、爽やかげに短く刈られた茶髪も、インテリじみた雰囲気を放つアンダーリムのみのメガネも、笑うと両頰に浮かぶ笑窪《えくぼ》も、すっきりと整ったその顔立ちさえも、すべては性悪な性格を隠すためのカムフラージュなのではないかと思えてくるほどだ。

その裏で何を企んでいるやら——。

爽やかな笑顔とやたら回る頭と口とで、教師すらも丸め込むのが八重樫の得意技だ。こいつの場合はビショップと位置づけられた能力よりも、その食えない性格の方がはるかに有名だった。そのうえ『八重樫』は、ライカンの中でも最近のし上がってきた勢いのある家筋だ。資産家の親が学院に寄せた寄付は相当額に上ると噂される。そのせいもあって学院側は八重樫に対して強い態度に出られないのだろう。そうでなければこんなバトル、いつまでも野放しになっているわけがない。

「それにしても日夏人気は高いねー。おまえを『標的』にしてエントリー募ると、あっという間に定員埋まっちまうもん」

「嬉しくねー…」

「でもおかげで稼げてんだから、ありがたいと思っとけ？」

（ま、それもそうか）

確かにバトルにおいてはその恩恵《おんけい》に与っているので、文句を言えた立場ではない。

だが日夏がバトルにエントリーするのには、現実的な理由がもう一つあった。バトルに参戦することで、日常の「リスク」を減らすこと。

数少ないハイブリッドの中でもめずらしいヒトとのハーフでしかも半陰陽――それだけで日夏は、編入後わりとすぐから物好きな暇人《ひまじん》たちの格好のターゲットになっていた。ヒトのＤＮＡが混じると具合がイイらしい、という尾ひれがついたのはいつ頃だったろうか。

（最近はだいぶ落ち着いたけど）

バトルで連勝することによって「獲物としてのレア度」は上がってしまったが、同時に日夏の能力の知名度も上がったので、ここ一年ほどはずいぶんと平穏な日常を過ごせている。

「ちなみに誰にやられたの、ソレ」

「真名瀬とその一味」

「したらマーキングか。体感した、あれ？　ヤラシイよなぁ、あの人の能力も」

「口に指、捻じ込まれたんだけど。あれってそーいう条件なわけ？」

「らしいよ。口腔《こうこう》内部とか舌とか、粘膜系に刻印《こくいん》打つんだって。あとシモ系？　アソコの先とかに打たれると、痺れてすっげーイイって聞くね」

「あっそ…」

「ところで俺としては眼福なんだけど、どうする？　ソレ」

閉じた雑誌の横で頬杖《ほおづえ》をついていた八重樫が、顎先で日夏の制服を差し示す。

「今日鷺沼《さぎぬま》先輩きてたから、あの人に頼むってのもアリだけど…」

「誰、それ？」

「ああ、うん。いいかも。メール打っとこ」

スラックスから取り出した携帯を開くなり、八重樫の指が高速でその上を動き回る。

なんだか解らないうちに話が進んでしまったが、校内のみならず異様に顔の広い八重樫の打つ手なら、そう悪いことにはならないだろう。この件は八重樫に丸投げすることにして、日夏は固い椅子の背にぐったりと背を預け天井《てんじょう》を見上げた。

全力疾走の疲れ――…というより、久しぶりに嵌められたペナルティタグの影響だろうか。体がどことなく重だるかった。こうしてじっとしていると、指先を動かすのすら億劫になってくる。

（リベンジは後日だな……それまでにリサーチしまくってやる）

あれだけ目立つ容姿で風紀委員、しかも能力は「K《キング》」クラスとくれば鳴り物入りの存在のはずだ。その種の情勢に疎い日夏と違い、八重樫なら完璧にあいつの情報を揃えていることだろう。

「ところで聞きたいんだけどさ…」

メールを打ち続ける横顔にさっそく本題を切り出したところで、カラカラと軽い音を立てて教室の扉が開かれた。見知った顔がのっそりと、その狭い隙間から入り込んでくる。

「はい、おまえらオハヨウ」

「おはようじゃねーよ。もう昼なんだけど、いま」

「マジで？　知らなかった。つーか、おまえの格好のがよっぽど謎なんだけど」

「あー、これは名誉の損傷？」

「なんだ、３Ｐのお誘いじゃねーのか。期待して損したな」

(なわけねーだろ)

まだ寝足りないのか、しきりに目元を擦りながら猫背の痩軀が上履きを引き摺《ず》って歩く。

「ま、日夏のバージンは俺がもらうって約束だもんな」

「どんな妄想だ。病院いってこい」

机の列に沿って迂回してきた男が、日夏の隣の椅子に座るなり大きな欠伸《あくび》を一つ零す。

日夏が起きた時点でリビングで死に顔のような寝顔を晒していたことを考えると、本日も朝帰りだったのだろう。あまりに見事な爆睡っぷりに、てっきり今日の授業は諦めたものだと思っていたのだが、どこかで奇跡的に目が覚めたらしい。

「にしても、この時間からくるなんてめずらしーじゃん。どういう風の吹き回し？」

「起こされてね、しつこく鳴る携帯に」

「へえ?」

「どっかの誰かが暴言吐いたうえ、一方的に電話切ってそのまま繫がらねーんだとよ」

「あーハイハイ」

「ヒナっちゃん、俺に言うことあんじゃね?　バーさんのヒス声で起こされたんだぜ、俺?」

「そりゃご愁傷《しゅうしょう》様」

日夏の携帯が繫がらないので、東京《とうきょう》での日夏の監視者でもある、古閑《こが》のところにシワ寄せがいったのだろう。確かにちょっと悪い気もしたが、ざまあみろという気持ちの方が割合で言えば圧倒的だ。

(ヒス声で済んでよかったじゃねーかよ。俺なんか怒声だったたっつーの)

自分をはるかに上回って好き勝手やっているにもかかわらず、この男に関しては本家も待遇が甘い。それが傍流ながら独自の路線を歩んでいる『古閑』の一族に対する敬意からくるのか、それともこの男個人の能力に対する評価なのかは解らないが、その処遇は自分と比べれば天と地の差だ。本籍のある京都《きょうと》ではなく、東京での一人住まいを許されているのもそういった背景があるのだろう。

古閑光秀《みつひで》——日夏の遠い親戚《しんせき》筋にて同居人、もとい家主だ。

ワックスできれいに散らされた短めの赤い癖毛に、愛嬌《あいきょう》のある吊り目とそれに添う柳眉《りゅうび》。尖った鼻先の下では酷薄そうな唇が薄笑いを浮かべている——という、どことなく爬虫類《はちゅうるい》を想起《そうき》させる意地悪げな表情が古閑のデフォルトだ。

「ま、いんだけどね」

左目の下に彫られた小さな刺青《いれずみ》を撫でながら、古閑がいつもの口癖を零す。

「バーさんには適当に言っといてやったよ。はい感謝してー？」

「ミッくん、大好きー」

だが顔つきが爬虫類系のわりには古閑の性格はこざっぱりとしている——と言ったら爬虫類に対して失礼だろうか。ただ能力の方は顔に合わせたのか、古閑の通り名は『蛇使い《サイドワインダー》』だった。

体中に入れられた刺青を具現化して操るのが『古閑』の能力だ。生まれつき毒物に対しての抗体があるらしく、すべての刺青は毒そのもので彫られているのだという。古閑の体には大小合わせて五匹の蛇が纏わりついていた。中でも一番小さいのが目元の蛇で、これが一番毒性が強いのだという。

「ずいぶん眠そうじゃねーか」

「始発近くまでヤッてたからなぁ。若気の至りって感じ？」

八重樫の問いかけに事もなげにそう返しながら、古閑が締めていたタイを緩める。だらしなく下がったその端をつまみながら、もう一度盛大な欠伸を披露する。袖を通していないブレザーが、危うく猫背の肩から滑り落ちるところだった。

「こないだの人妻？」

「あ、そーそー。旦那《だんな》が残業で終電逃したからって誘われてさー」

節度のなさで言えばこの二人も相当だ。いつもつるんでいる仲間のもう一人、ヴァンパイアの各務《かがみ》隼人《はやと》も合わせれば遊び人の完璧なトライアングルが形成できるだろう。そもそも日夏がこの三人と知り合ったきっかけからしてその線だった。

——三人の内、誰が一番最初にハイブリッドの半陰陽を落とせるか。

そのネタで賭けまでしていたらしいが、けっきょくその勝負は無効に終わった。日夏が全員に返り討ちを浴びせたからだ。もっとも親戚筋の古閑は日夏の能力について多少の予備知識があったらしく、結果的には相討ちだったけれど。それぞれと最悪の出会い方をしたにもかかわらず、なぜいまつるんでいるのかといえば、話してみたら意外にウマが合ってしまったからだ。

「なあ、聞きたいんだけどさ…」

悪趣味で下世話な会話が盛り上がらないうちに、日夏は二人の間に強引に口を挟み込んだ。

「今年入った編入生でさ、風紀で男前でキング、とかいうツワモノいない？」

「あーいるねー。いるいる」

「そいつの名前と能力の詳細、プリーズ」

「お、さっそく一戦交えちゃった？」

日夏のペナルティタグに目を留め、早々と事情を察したらしい古閑がククっと喉を鳴らして笑う。

「おまえがタグつきなんてめずらしいもんな。なるほどあいつが相手か」

「何、知り合い？」

「知り合いいっつーか、かなりの有名人。そっか、日夏は知らねーのか」

「ちょうど入れ替わりだな。日夏がこっちくる寸前に、あっちはアカデミーいっちまったから」

「アカデミー候補生かよ？」

「候補どころか修了生だよ。たった三年で向こうの全課程終えて戻ってきちまうんだから。さすが十歳でキングの称号を獲《と》る男は違うね」

どうやら思っていた以上に、派手な経歴をあの男は背負っているらしい。

アカデミーは魔族の中でも特に能力の秀でた者だけを各国から集めて、徹底したエリート教育を施す全寮制の機関だ。ルーク以下では誘いもかからない狭き門。己の能力に自信がある者は皆この目標を目指すが、実際にいけるのなんてほんの一握りだ。その所在や詳細についてはアカデミーとの関わりを許された者にしか明かされないので、日夏も「ヨーロッパ大陸のどこかにあるらしい」というぐらいの知識しかない。もっともそれ以上の興味を抱いたこともないけれど。

「そういや去年、隼人も誘われてたよな。メンドイからって断ってたけど」

「あいつらしーよな。天下のアカデミーを袖にするんだぜ？」

「そう言う古閑もいこうと思やーいける立場だろ。ここ数年、実技試験でわざと手ェ抜いてんの知ってるぜ？　キングに上がって、向こうにいきたくない理由でもあんのかねー？」

「あーれ、痛いとこつかれちゃったー。ところで気づいたか、日夏」

わざとらしく話の矛先《ほこさき》を変えた古閑が、意味ありげな笑顔を浮かべて日夏の方に向き直る。

「あいつもハイブリッドだぜ。ライカンとウィッチのハーフ。髪の色が少し変わってたろ？」

「……ああ」

「血がせめぎ合った結果なんだろうな。瞳はライカンなのに髪色はウィッチに近いっていうね」

（なるほどね）

あの時感じた違和感の正体を知り、日夏はずっと引っかかっていたものが腑に落ちていくのを感じた。風紀を務めるほどの優等生で、アカデミー出のエリートで――共通点なんて一つもないのになぜか一瞬、あいつに感じたシンパシー。あれはそのせいだったんだろう。

だが同じハイブリッドでも、自分とは対照的な境遇だ。

聞けば幼少時からずっと鉄壁《てっぺき》のエリートコースを邁進《まいしん》しているのだという。あいつにはきっと自分みたいなハイブリッドの気持ちなんて解らないだろう。腫《は》れ物《もの》に触るように扱われ、時に罵られ、時に嘲られ、そんな環境にずっと繋がれてきた自分の感情なんて理解できるわけがない。

（解ってもらおうとも思わねーけど）

「確か今日付で12Rに編入したはずだよ。凱旋《がいせん》帰国って感じだよな」

「いまごろ、女子は色めき立ってんだろうなぁ。あれだけ文句なしに模範生貫《もはんせいつらぬ》かれたら、ハイブリッドでもいいから子種をチョウダイってなるよな」

「すでに女子のランキングでは、抱かれたい男ナンバーワンらしいぜ？」

八重樫と古閑の下世話な話に耳を傾けながら、日夏は先ほど見た男の顔を脳裏《のうり》に思い浮かべた。

あの顔にそんな付加価値までがついているとなれば、そういった婚約希望者は後を絶たないだろう。

そんなところまで自分とは正反対だ。向こうは結婚相手を無数の候補の中から好きに選べるけれど、かたやこっちは家の決めた相手のもとにいずれ嫁《とつ》がされる身なのだ。

本家に引き取られた時点で、半陰陽である日夏は「有力な家とのパイプラインに使える花嫁候補」として目されていた。駈け落ちした娘が人間との間に儲けた子供をわざわざ引き取ったのも、その目算が裏にあったからだろう。この件に関しては現在進行形でもっぱら抵抗中なのだが、形勢がいいとはとても言えない。そんな苦い気持ちを、あいつはきっと一度も味わったことがないだろう。同じハイブリッドでも、向こうの水はずいぶん甘かったと見える。そんな中でぬくぬくと甘やかされて、何不自由なく育ったような相手に自分の気持ちなど解るわけがない。

あの廊下でもたらされた屈辱の上に、はらはらと降り積もっていくこの感情。これは――。

(嫉妬《しっと》？　憎悪《ぞうお》？　それとも、羨望《せんぼう》？　――まさか)

どちらにしろ決意は変わらない。売られたケンカはすべて買うのが日夏の主義だ。

(今度会ったらこてんぱんに伸してやる…)

「で、そいつの名前は？」

「吉嶺一尉《よしみねいちい》――ああ、『吉嶺』ってのは母方の名前らしいな」

「家柄はどうでもいいんだよ、俺が知りたいのはあいつの能力の方で――…」

せっかく進みかけた話を寸断するように、またカラカラと軽快な音を立てて教室の戸が開いた。

八重樫が「あ、ご足労《そくろう》すんません。こっちでーす」と誘導しているところを見ると、この人物が先ほどメールを送っていた鷺沼なのだろう。眠たそうな顔をした男が無言でこちらへと近づいてくる。気だるげで怠惰な雰囲気に反し、記章で知った学年とランクはともに最高順位を示していた。

「こいつ、よろしくお願いします」

八重樫が日夏を指差す。その直後、鷺沼の手が日夏の胸元にすっと翳《かざ》された。

一度下腹部まで下がった掌が、体の表面を辿るようにして喉元へと抜けていく。何気ないその仕草を目で追ううち、最終的に日夏は鷺沼と目が合った。

「三千円」

「は?」

「あ、俺から払っときますんで」

八重樫が自らの財布から取り出した野口英世《のぐちひでよ》を三人、鷺沼に引き渡す。それで取引は成立したらしく、鷺沼は無言で教室を出ていった。

(何、いまの)

意味が解らずもう一度制服に目をやったところで、日夏はようやくその異変に気づいた。

「あれ?」

千切られていたブレザーのボタンが三つともすべて嵌まっている。中のシャツも何事もなかったかのようにスラックスの中に収められていた。さっきまでの無残な片鱗《へんりん》は跡形も残っていない。

「賞金から引いとくからな、いまの代金」

「つーか何が起きたわけ…？」

「時間操作系だよ、あの人。有機物は無理だけど、無機物ならこうやって時間を巻き戻したりできるんだとさ」

「…それってすげー便利じゃん」

「でも魔力の消費が半端《はんぱ》ないらしいよ。一日にそう何度も行使できないんだって。だから有料」

「へーえ」

思わず古閑と顔を見合わせたところで、四限終了のチャイムが鳴った。

（――ようやくこの時がきたか）

待ちに待ったランチタイムである。八重樫から先ほどの分を天引きされた賞金を受け取りながら、日夏はよしと心の中でガッツポーズを決めた。思わぬ出費で三千円マイナスされてしまったが、それでも一式買い直すよりはぜんぜん安くついた。

（よっしゃ！　今日は豪華にデラックス定食とか頼んじまおっかな？）

「いくぜ、野郎ども」

「ハイハイ」

三人連れ立って教室を出ると、日夏は一階へと続く階段を一段抜かしで軽やかに下った。目に見えて軽くなったその足取りに呆れたのか、古閑と八重樫とがほぼ同時に背後で溜め息をつく。

「日夏はいつになっても色気より食い気だよな」

「お子様っていうかね」

「悪いかよ。俺はおまえらみたいな色狂いには一生ならねーよ」

「色に狂うってのも、イイもんだけどねぇ」

「興味ねーの、まったくもって」

「可哀想《かわいそう》に」

「人生、損してるよな」

「そこで二人して憐《あわ》れみの表情浮かべてんじゃねーよ」

キングクラスを相手にリベンジを目論《もくろ》むとなれば、リサーチに加えて作戦を練ることも重要になってくる。さっき聞いた情報だけでも、今日明日でどうにかできる相手でないのは明白だった。だったらなにも焦ることはない。復讐の優先順位が下がったいま、日夏の中で最優先されるべきは腹ごしらえだった。今日のバトルはこの昼食のためにエントリーしたと言っても過言ではないのだ。

（デラ定なんて二ヵ月ぶりだし）

安価《あんか》な日替わり定食の列が長蛇《ちょうだ》になっているのを尻目に、学食の中では最も高価なデラックス定食のトレーを悠々《ゆうゆう》手にすると、日夏はさらに売店でデザートまで追加してから、いつものテラス席へと移動する八重樫たちの背に続いた。

（デザートは冷たいうちに食うのがベスト……――いや、でもやっぱ食後の方が……）

人の倍近く張った食い意地のおかげで日夏はこの時、憎い仇《かたき》の存在すらをうっかり忘れかけていたのだが、それを思い出させてくれたのは。

「へ？」

食堂からテラスへと延びる小径《こみち》を曲がった先に見えた光景だった。

ちょっと待て、と思わず誰にともなく制止をかけてしまう。自分の視力に誤りがなければ、隼人と向かい合って優雅にコーヒーなんか飲んでいやがるのは、あの吉嶺一尉ではないだろうか？

「なんで隼人があいつと一緒にいんだよ」

「あれ、言わなかったっけ。俺らとあいつってば幼馴染《おさなな》染《じ》みなんだけど」

「……わざと黙ってたな」

「うん。その方が面白いと思って」

楽しいなーどうなるんだろー、と笑いながら古閑が日夏の手から奪ったトレーを手に指定席へと向かう。とりあえず違う場所で腹ごしらえをする、という選択肢はこれで消えてしまった。仕方なくその後を追う日夏の背に「ドンマイ」などと八重樫がいらない励ましをかける。

(遊んでやがるな、こいつら…)

仇敵《きゅうてき》とのここまで早い再会は、まったく予想だにしていなかった。

次に会う時は用意万端《ばんたん》でこっちから攻め込んでやろうと思っていたのに——相手のバックグラウンドはともかく、向こうの能力についてはまだぜんぜんリサーチできていない。

(ま、仕方ねえ——ここは改めて宣戦布告《せんせんふこく》といきますか)

敵前逃亡というのはやはり気が進まない。思考を三秒で切り替えると、日夏は足早にテーブルへと歩み寄った。だいたいタグをつけたままでは早退もままならない。こんなものはさっさと外させるに限る。白いテーブルに片手をかけると、日夏は向かって左端にいた一尉の顔を覗き込んだ。

「さっきはどうも?」

陽の光に晒されて明るくなった藍《あい》色の虹彩《こうさい》が、くるりとこちらに向けられる。

さっきの言動からいって性格の方も一筋縄《ひとすじなわ》でいく相手ではない。無機質な色合いの瞳を見返しながら、日夏は脳内でいくつかのパターンをシミュレーションした。けれど相手が返してきたのは、中でも一番ありえないパターンだった。

「悪いけど、どちらさまかな」

「あ?」

「こんな可愛い子、一度会ったら忘れないと思うんだけど」

(この期に及んでまだ突っかかるか、この野郎…)

殺意とともに思わず動きかけた右手を阻《はば》んだのは、なぜか一尉の前に座っていた隼人の手だった。

「いい匂い」

つかんだ手を、もといい人差し指を口元に持っていくなりパクリと口に含まれる。熱い舌が指先を這い回る感触に、背筋の真ん中がぞわっと鳥肌立った。執拗《しつよう》に舐《ねぶ》られながら、すぼめた唇に吸引される感覚に耐えきれず、悲鳴が思わず口をつく。

「ちょっ、無理……、隼人…っ！」

ヴァンパイアという種族はやはり、血の匂いには抵抗できない仕様になっているらしい。ただ昔と違い、いまは主食ではなく食後のデザートや間食といった位置づけにあるのだという。隼人のトレーが空になっているところを見ると、まさにいま自分がデザートにされているというわけだ。

「隼人、マジ無理…ッ、あ、っん…！」

「指舐められてるだけでこの声って、どんだけ感度いーんだよ日夏」

「な？　すげーエロい声。やっべ、勃《た》ちそうなんだけど俺。どうしよー」

台詞のわりにはケロっとした顔で、隼人の右隣に座った古閑がパシンと箸《はし》を割る。その向かいではこちらも関心ゼロといった感じで、八重樫がホットドッグを手にぱらぱらと雑誌のページをめくっていた。両者ともあくまでも傍観スタイルを捨てる気はないらしい。

「いーかげんに、しろってば…！」

この短時間で指がふやけるのではないかと思うほど舐めしゃぶられて、日夏の声に悲痛な色が混じる。どうやらその切迫した声すら愉しんでいるらしく、隼人が日夏の指を解放したのはそれから三分も経った後だった。

「ごちそうさま」

「……おまえ、最悪」

ようやく放された手を慌てて背後に回すと、日夏はシャツの中でぜえぜえと薄い胸を喘がせた。頬が熱いのは紅潮しているからだろう。はっと気づいて一尉に目をやると、一連のやり取りで呆れはてたのか、その視線は日夏にではなく八重樫が読んでいる誌面の上に注がれていた。

（――シカトか、この野郎）

つくづくこちらの怒りを煽《あお》るのがうまい男だ。そちらがその気だというのであれば、これ以上食い下がっても意味はない。古閑と隼人の間に安置されていたトレーの前に無言で着席すると、日夏はもくもくとランチを片づけはじめた。せっかくのデラックス定食だというのに、もはや味を楽しむ余裕などない。腹が減っては戦《いくさ》はできぬと言うけれど、まさにいまその気分だ。

（てめえ、見てろよ？）

もう作戦はいらない。こいつの能力が何であろうと構やしない。

隙をついて速攻をかければ、九十九パーセント落とせる自信が日夏にはあった。食べ終わったら即座に仕掛ける気満々でエビフライを頬張っていると、ふいに隼人がこちらに顔を向けてきた。

「日夏の血、やけに甘かったけど生理中？」

「死ね」

「ハハっ、言ってみただけだってば」

軽い調子で笑いながら、隼人が飲みかけのコーヒーに手を伸ばす。もしもいま自分が能力を発動していたら、己の命が危なかったという自覚はあるのだろうか。

（ま、踏まないけどね。同じ轍はもう――…）

危うく思い出しかけた懐かしい顔を、日夏はもう一度記憶の底へと押しやった。あれはもう過去のことだ。戸惑いも、後悔も、全部向こうに置いてきた。いまさら思い出す必要なんかない。

「やっぱ、生理中の人間《ヒト》の子って味変わるんだよねー」

「誰も聞いてねーよ、そんなこと」

「こればっかりは俺らにしか解んない感覚だけど、いいよ血って」

(勧めてどうする?)

こいつは本当に何を考えて生きているのか、たまに真面目に考えてしまうことがある。

唇を舐めながら、デザートの余韻を味わっていたらしい隼人とうっかり目が合う。すると条件反射のように、上品な顔立ちに蕩《とろ》けるような笑みが浮かべられた。隼人に食われる獲物たちは皆、この笑顔に落とされてしまうのだろう。これが罠なら引っかかる方が悪いとも言えるが、隼人の場合はこれがデフォルトなのだから始末に負えない。

火遊びの場数も三人の中ではダントツ、この男の頭には節操や節度といったものが概念からしてすでにないのだ。艶《つや》やかな黒髪に、黒曜石《こくようせき》のような輝きを放つ黒い瞳。彫像のようにすべてが隙なく整った甘い顔立ち——この容姿のせいで、隼人に引っかかる獲物は後を絶たなかった。

「——ハア…」

「うーわ。人の顔見て溜め息とか失礼だよ、日夏」

「いや、なんか……ちょっとつかざるを得なかったっていうか、ね…」

これ以上隼人と話していても建設的な結果は築けそうにないと判断して、日夏は黙って皿の上の食事を片すことに専念した。

(やれやれ、俺が女だったら八重樫も古閑も隼人もゴメンだけどな…)

浅はかにもそんなことを考えかけて——思わず苦い自嘲が浮かぶ。

自分で傷を抉ってどうする。それは仮定ではなく、半分が事実だというのに。時期がくればこの体は、男から女へのシフトチェンジが可能になってしまうのだ。いずれやってくるその変貌を、はたして自分はどんな気持ちで迎えるのだろうか。……いや、考えたくもない。

「ハイごっそさん。ちょうどいーから隼人、これ返してきて」

「あ、しまった。使われた」

笑いながら立ち上がった体が、ついでだからとテーブルにあったトレーを全部請け負って返却《へんきゃく》カウンターへと向かう。べつに能力を使ったわけではないが、基本的に性格自体は悪くない男なのだ。ただ性質が悪い、というだけで。

(さーて、と…)

隼人のコーヒーを勝手に一口いただいてから、日夏は一度深く息を吸った。

これでカロリーチャージは万端だ。気力ももちろん衰えてはいない。ちらりと窺った先では一尉が誌面を指差しながら、八重樫と何やら楽しげに歓談《かんだん》していた。その澄ました顔がどう変わるか。楽しみで仕方ない。受けた分の倍返し、たっぷり屈辱を味わってもらおう。

（俺にケンカ売ったことを後悔するんだな）

一尉がキングであろうと、日夏の自信は揺るがない。いままでどんな相手もこの能力でねじ伏せてきた実績がある。一秒でもあれば発動できるこの力を前にして、屈辱に顔を歪ませなかった相手はいないのだ。速攻であればなおさら負ける気がしなかった。

後はタイミングさえ間違わなければ勝利は確実――。

テーブルを回り込んで、改めて一尉の傍らに立つと「なあ」と声を低める。

「ちょっと顔、貸してくんない？」

呼びかけに上がった視線が、日夏の発する剣呑《けんのん》なオーラを正面から受け止めた。叩きつけた殺気を悠然と受け流し、「どこまで？」と薄い唇が白々しい笑みまで象ってみせる。

（あくまでも挑発で流そうってわけだ？）

相手にする気がないというのならそれでもいい。こちらにとっての不都合は何もなかった。向こうにその気があろうとなかろうと、もはや関係ない。日夏のバトルモードのスイッチはすでにオンになっていた。この期に及んで逃がす気はない――引き摺り込んでやる。

「べつに、この場でいいんなら構わないけどね」

そつのない笑顔に対抗するように、日夏も両目を緩ませると満面の笑みを形作った。廊下での再現のように、可愛く小首まで傾げてみせる。

（なあ、俺は親切で言ってやってるんだぜ？）

昼休みのテラスには、かなりの人数がたむろしている。

こんな大勢の前で恥を掻いても知らないぞ？　いいんだな？　無論、いまさら詫びを入れられたところで撤回する気はさらさらないけれど。

（後はきっかけを待つだけ…）

「ああ、もしかしてまた触って欲しいの？　今度はどこがいい？」

「――唇、かな」

言いながら右手で一尉のタイをからめとり、持ち上げた顎を左手で固定する。同時に覆い被さって唇を重ねると、日夏は獰猛《どうもう》なキスを仕掛けた。開いていた唇の隙間から、舌を滑り込ませて唾液を絡める。何度も、何度も――この男が完全に籠絡《ろうらく》するまで。

血よりも唾液の方が効率はいい。楽だし、ダイレクトに感覚が伝わってくるから感染度合が判りやすいのだ。しかしいつもと違い、一気に全力をぶつけられないのはペナルティタグのせいだろうか。それでも本来、こんなタグはハイブリッドにはあまり意味を持たない。なぜなら純血種たるサラブレッドと違い、時にハーフの自分たちは、器《うつわ》にそぐわないほどの桁外れな魔力を秘めていることがあるからだ。純血種の体質を軸に作られたタグでは抑えきれないほどの魔力を。

肉体、精神、能力。

サラブレッドなら取れているこの三点のバランスの狂いが、ハイブリッドにとっての弊害であり――そして最大の強みでもあった。けれど。

(………おかしい)

感染させた体内からの呼応《こおう》がない。これだけ力を注いでいるというのに、いっこうに自分の魔力が相手の体に侵攻《しんこう》していく気配がなかった。いままで一人として、この能力に落ちなかった相手なんていないのに…。

(何がいけない——?)

ほんの少し油断した隙に外れた唇を逆に舐められる。

「……ッ」

「——なるほど、これが君の能力ってわけか」

日夏にしか聞こえないような声で一尉が淡々とそんな呟きを零した。

(余裕こいてんじゃねーよ…!)

もう一度、唇をぶつけるようにしてキスを再開する。普段は温存しているリザーブの魔力まで振り絞るも、間近で見る一尉の目はいつまでも理性を保ったままだった。

(なんで……なんでだ——…?)

息継ぎのためにもう一度外した唇に、「もうこのへんにしときなよ」と一尉の指が添えられる。

「これ以上は君の体に障る」

「な、に……」

そこら中の視線が自分たちに突き刺さって、事の次第を見守っているのが判る。いまさら後になんて引けるわけがなかった。

「う、るさ……ッ」

声とともに詰めていた息を吐き出すと、急にガクリと視界が傾いた。一瞬のことなのに、もうどこが空でどっちが地面だったのか、判別がつかない。眩暈《めまい》がする。

「ほら、言わんこっちゃない」

一尉の声が自分の周りをぐるぐると回っているような気がした。攪拌《かくはん》される意識。平衡《へいこう》感覚を失った体を抱き留める誰かの腕……周囲の声がどんどん遠退《とおの》いていく……。何も見えない。何も聞こえない。

(まずい、ブラックアウトだ…)

強みでもあり弱みでもある――ハイブリッドの力。過ぎた力は必ず均衡を破る。

(なんでこいつには効かないんだ――…?)

薄れていく意識の向こうで、誰かの手が額に触れるのが判った。冷たい感触。心地よい感覚…。

その記憶を最後に日夏の意識は闇に落ちていった。

4

「チクショウ…」

と呟いた自分の声で目を覚ます。

室内に漂う匂いと馴染み深い枕の感触とで、日夏は自分が医務室にいることを知った。ここしばらく、この場所のお世話にはなっていなかったというのに……。

ブラックアウトで倒れるのは久しぶりだった。限界を超えて放出される魔力で器が傷つけられないよう、自動的に作動する自己防衛機能。ハイブリッドなら少なからず、経験のある現象だった。

ハイブリッド特有の不便な要素、それは他にもいくつかある。場合によっては身体的に「弊害」を抱えている例も中にはあった。生殖能力を失う者、力を使うたびに命を削る者…。まるで並外れた魔力を宿す、それが代償であるかのように。

日夏の場合、そのために負わされた代償は『半陰陽』の体質だった。

両性の生殖《せいしょく》能力を併《あわ》せ持つ、その体質自体はどの血種にも出る一つの「型」でもあるが、ウィッチの場合は極端にその性別が一方に偏《かたよ》る。

秘密主義で何事も女性が主導権を持つことで安定した「女流」血統——それがウィッチだ。

本来、ウィッチには「精巣《せいそう》機能を具えた雌体《したい》」しか生まれないはずなのだ。だが異種の血の混じる不安定さが、種族としては必要のない「卵巣《らんそう》機能を具えた雄体《ゆうたい》」を構成してしまうことがある。女流血統の中に生まれ落ちてしまった異質の体質――。

こういったことを避けるために魔族には原則として、繁殖のうえでは同族としか交わらないという暗黙の掟《おきて》が昔からある。魔族界のマジョリティはサラブレッドだ。伝統や血筋が重んじられる風潮はまだまだ根強く、異端とされるマイノリティの肩身は狭い。

魔族のそういう気質を母親はよく解っていたのだろう。隠れるように住まいを転々としながら暮らしていたことを覚えている。それでも毎日は幸せに満ちていた、と思う。記憶はおぼろげでしかないが、父親と母親と三人でピクニックにいった時の事を思い出すと、胸のどこかが暖かくなるのを感じるから。

人間である父親のことはあまり、というよりほとんど覚えていない。母親についての記憶もいまとなってはそんなに残っていなかった。母親の死後、無理やり連れていかれた本家でしばらくは抵抗しまくった覚えがあるので、その時に記憶操作でも施されたのだろうか――というのは日夏の推測だが、事実もそれに近いところに違いない。同じように愛した女と子供の記憶を消されて、いまでも父親はこの世界のどこかで生きているのだろう。そういった本家の横暴《おうぼう》さ、魔族の勝手さに屈しないこと。それがあの日からいまに至るまで、日夏の胸を燃やし行動を支える唯一のモチベーションだった。

(――チクショウ)

横になったまま、広げた自分の掌を見つめる。

テラスで倒れたことも、自分がどんな無様な姿を晒したかも、残念ながらしっかり覚えている。ペナルティタグがついたうえであれだけ魔力を使えば、結果として倒れるのは必然だろう。だがそれだけ魔力を使ったにもかかわらず、一尉にはまるで通じる気配がなかった。それがどういうことなのか、日夏には解らない。なにしろ自分の力が通用しなかった相手など、これが初めてだ。

(無効化――？　いや、そんなムシのいい力なんて聞いたことがない)

授業や実技試験、バトルも含めていままでいろいろな能力者たちを見てきたが、その中にもこれと思いあたる能力はない。生まれ持つ能力も千差万別なので、日夏の知らない能力もまだ数多くあるのだろうが、己の力が通用しない――それは日夏にとって初めての衝撃だった。

(このままじゃいられない)

キングの称号を得た能力。それが何なのか、いまのところ見当もつかないが、このまま終わるわけにはいかなかった。負けたまま、現状に甘んじて目を逸らすなんて自分にはできない。

(――森咲日夏の名が廃る)

敗因は解っている。己の能力を過信し過ぎたこと、加えて自分の性格も要因の一つだろう。頭に血が昇ると、つい衝動に身を任せてしまうのは悪い癖だ。

「頭、切り替えなきゃな…」

反撃の糸口としてまず早急《さっきゅう》に探らねばならないのは、一尉が持っている能力についてだ。

予期せぬ敗戦のショックを次なる対決へのモチベーションに切り替えるべく、日夏は深く吸い込んだ息をゆっくり時間をかけて吐き出した。そうすることで身の内にある焦燥や、複数人の前で敗北を喫《きっ》した羞恥《しゅうち》までを外に吐き出す。だが、その内的行為に水を差すように。

「ああ、目が覚めた？」

ふいに予期せぬ方角から声をかけられて、日夏はげんなりした気分で半分だけ引かれたカーテンの向こうを見やった。

（よりにもよってこの声かよ…）

しかもその後に続く声がないということは、ありがたくないことにこの医務室に二人きりという状況なのだろう。せめてあの三人の誰かに付き添っていて欲しかった…と思うも、ヤツらがこの場にいない理由もたいがい見え透いている。質《ただ》せばきっと、『その方が楽しそうだったから』と、口を揃えて言うに違いない。

（あいつら覚えとけよ）

カーテンの隙間から、できればいま一番見たくない顔が覗く。

「校医の先生はさっきまでいたんだけど、いまは不在でね。俺がとりあえず後を任されてる」

「あっそ」

「で、気分はどう？」

「……最悪に決まってんだろ」

顔を顰《しか》めて毒づいた日夏に「そりゃそうだよね」と平然と返しながら、一尉が体温計を手に近づいてきた。校医の言いつけだからとそれを渡され、渋々受け取ってから身を起こす。シャツの前を寛げながら、ふと右手にあったあの忌々しいタグが外されていることに気がついた。

「ああ、タグなら外しといたよ。どうせこのまま帰る気だろ」

「反省文は?」

「いま書いてもらうことになるけど」

「メンドくせ…」

ペナルティタグには魔力の制限だけでなく、つけたままでは校門を通過できないという機能も備わっている。風紀に手錠をかけられた者は放課後の指導室で反省文を書かない限り、これを外してはもらえないのだ。最近は能力を使って風紀から逃げ回っていたので、実に半年ぶりの反省文だった。

体温計を脇に挟みながら、一尉の寄越《よこ》した規定用紙にボールペンで上辺《うわべ》だけの言葉を綴《つづ》る。考えるよりも先に手が動くぐらい、内容については書き慣れていた。

「ほらよ」

二十秒もかからずに書き終えたそれを渡すと、一尉が呆れた眼差しを上から注いできた。

「意味がないね、反省文の」

「不満なら上にかけ合ってこいよ。こんな無意味な制度廃止しましょうって。アカデミー帰りの優等生さんなら向こうも意見、聞いてくれんじゃない?」

「ああ、そうだろうね」

日夏の挑発をさらりと受け流すと、一尉は持っていたファイルに反省文を挟んでから踵を返した。このまま出ていってくれるのかと期待して見ていると、どうもその気はないらしくパイプ椅子を手にベッドサイドまで戻ってくる。わざわざ椅子持参ということは居座る気満々ということか。

やれやれ…と天井に視線を逃がしたところで、ピピッと体温計の電子音が鳴った。引き抜いたそれを傍らに座った一尉に渡して、日夏はさっさとシーツを剥ぎにかかった。

「少し、微熱気味かな」

「大したことねーよ。もう帰っていいだろ?」

「せっかくだから話でもしようかと思ったんだけど、逃げる気?」

「あ?」

「べつに逃げたいんなら逃がしてあげるけど、どうする?」

(どういう言い草だ、この野郎)

つくづく自分の気に障る言葉ばかりを選ぶ男だ。しかしこうも突っかかってくるのはなぜなのか。理由があるのなら探っておくのも悪くない。

「じゃあ聞いてやるから話してみろよ」

ベッドから降ろそうとしていた脚を元に戻して一尉に向き直る。リベンジのさらなるリベンジに向けて、本人から引き出せる情報があるのなら探っておきたい。頭の隅で策を練りながら、日夏は怜悧な美貌が薄く微笑むのを斜に構えて眺めた。

ライカンの素質をその身に引くことを物語る、青い眼差し——。

能力を使う時だけ、魔族の瞳はほんの少しだけ明るくなる。そういえばさっきは、この目が藍色から紺《こん》色に変わっていたことを日夏は思い出した。一尉の持つなにがしかの能力に、日夏の魔力は阻まれたのだろう。ライカン系の能力はわりと体力勝負なものが多い。あの敏捷さがライカンのものだったとして、能力はウィッチの方が強く出ているのかもしれない。

「君のその負けん気の強さは育ちの影響？」

「——話を聞くとは言ったが、質問に答えるとは言ってねーよ」

冷たく言い放ってから、一尉の反応を待つ。だがポーカーフェイスが崩れる気配はなかった。安易な挑発にはあまり乗ってくれそうにない。

（そうだよな、さっきも不発だったしな…）

薄い唇が「ああ、それもそうだね」と冷たく笑ってみせるのを見つめながら、日夏は少しだけアプローチを変えることにした。能力について知りたいのなら、相手にそれを使わせるのが一番手っ取り早い。そう考えれば、これはまたとないチャンスだった。

（どうすれば力を使う——？）

こちらが相手を窺っているように、向こうもこちらのことを探っているのが判る。

部屋の掛け時計が十四時半を示したところで、六限開始のチャイムが鳴った。その間中、無言の駆け引きが続く。冷笑の余裕が消えることはない。

（テラスでの状況をよく思い出せ…）

あの時、自分が能力を使うよりも前にこの瞳は色を変えていただろうか？　いや変わっていなかった。ということは相手に仕掛けられた後に発動しても有効な能力ということだ。一尉の方からは魔力の圧力を感じなかったので、恐らくは攻撃ではなく防御系の能力なのだろう。

（なら、イチかバチか……やってみるかな）

もともと策を弄《ろう》するのにはあまり向いていない。こういうのは八重樫の得意分野だ。日夏の得意分野はといえば、やはりこれだろう。——ただひたすらに行動あるのみ。

医務室に運ばれた時点で、校医が治癒《ちゆ》系の能力を使ってくれたのだろう。体が軽い。真名瀬たちとやり合って消費した分も戻っているのか、むしろさっきよりも調子がいいぐらいだった。タグもないいまなら思うように力を使えるはずだ。

たとえ全力で向かっても歯は立たない。判っているから勝つ気はなかった——まだ、いまは。

ほんの少しでいい、相手の力を引き出すきっかけにさえなれば。

「そういやさっき古閑が言ってたんだけど…」

「へえ、なんて？」

日夏が沈黙を破った瞬間、一尉の意識が僅かに逸れた。

その隙を見逃さず一尉のタイを引っつかむと、日夏は身を乗り出してその唇を塞いだ。歯列を分け入らせた舌で熱い口中を探る。

「――……！」

突然の行動に多少は驚いたのか、見開かれていた目がゆっくりと元に戻っていくのを間近で見つめる。タイを取られたせいで傾いた体をベッドについた片手で支えながら、一尉は大した抵抗もなく日夏のキスを受け入れた。舌を絡めながら試しに力を送ってみるも、途中でエラーが起きるような感覚がある。やはり効かない、か。

一尉の目が次第に、藍色から紺色へと変色していく。その移り変わりを見守ってから、日夏はようやく唇を外した。

（――問題はここからだ）

唾液で濡れた唇を手の甲で拭いながら、じっと相手の反応を待つ。

「……やれやれ、懲りないね」

同じように親指で唇を拭った一尉が、冷めた眼差しをふっと床に零した。自嘲にも似た苦さを湛えた口元が「仕方ないな」と唇の片端を上げる。

「その負けず嫌いが命取りになることを教えてあげるよ」

言葉と同時、日夏の手を取った一尉がその細い指先に唇を落とした。まるで王に傅《かしず》く家臣《かしん》のように、恭《うやうや》しいその仕草に思わず面食らう。――だが気づいたら家臣にされていたのは日夏の方だった。

（あ、れ…？）

指先に舌が触れた途端、失った体の制御。脳が発する命令をまるで聞こえないかのように、全細胞が無視する。なのになぜか。

「じゃあ、手はじめに服を脱いでもらおうかな」

一尉の命令には従順に動いてしまう体。言われた通りシャツのボタンを外しはじめる自分の指先に、日夏は信じられない思いで視線を注いだ。

「せっかくだから色んな君を見せて欲しいね」

「ま、さか…」

体液を通して感染させた相手を、言葉のままに操る力——それが『感染《インフェクション》』。

(そんなはずない…。でもこれは明らかに……)

「ふうん、なるほど。操れるのは行動のみで精神にまでは関与できないんだね」

「まさかこれ…っ」

「そうだよ、これは君の『能力』。馴染み深いだろう?」

日夏だけが使えるはずの力を、一尉はさも自分のもののように行使してみせた。日夏の緩慢《かんまん》なストリップを紺色の瞳がじっと見つめている。

(これがこいつの能力——…?)

ボタンを外し終えたシャツを肩から落とすと、日夏の手は続いてスラックスに伸びた。ベルトを外して前を開き、裾から両脚を抜いたところで一尉の新たな命令が飛ぶ。

「じゃあ、脚を開いて。自分でしてるところを見せてくれる?」

「こ、の変態……ッ」

「それとも一つ一つ、指示してあげようか？」

邪魔は入らないからゆっくりいこう——一尉がそんな恐ろしいことを真顔で告げる。

「そうだな。とりあえずいつもはどんなふうに触るの？」

一尉に促されて、下着の中に入り込んだ両手が自身を握った。

こんな状況で勃つわけがない——そう思っていた……いや、信じていた日夏を裏切るように、少しずつ萎《な》えていたものが反応しはじめる。

（冗談だろ…）

いつも一人でする時の手順を、体が忠実に再現しているのが判る。どこをどうすれば昂《たかぶ》るか、どんなふうに弄れば自分がもっとも快楽を感じるか。誰より知り尽くしている体だ。

「てめえ、なんでこんな…ッ」

「先に仕掛けてきたのはそっちの方だろう？　ああ、反応してきたね。もっとよく見せて」

下着の中で形が変わりはじめていた自分のものを、一尉の言葉でその目前に晒す。目の裏が灼けつくような羞恥があった。なのに体はそれに構わず、ずらした下着を片脚だけ抜いて一番見やすい姿勢を取って痴態《ちたい》を晒す。ゆるゆると両手が動くたびに、望まない快感が日夏を襲った。

「一番感じるのはどの辺？」

「……ん…ッ」

完全に勃ち上がったものの先端に指が滑る。剝けた際《きわ》を撫でながら日夏は堪えきれなかった声を漏らした。快感にビクッと内腿が引き攣れるのを、冷たい双眸が淡々と眺めているのが判る。

「そう、そこが一番感じるんだ。もっと強く擦ったらどうなるの?」

「や…ッ、あっ……ッ」

「感じ過ぎちゃうかな。そろそろ先が濡れてくる頃だね」

途端にくぷっと先端から透明な粘液が溢れた。刀身を伝って垂れた先走りで、滑りのよくなった指がさらに敏感な箇所を抉って快感を煽る。そっと撫でるだけでも内腿の筋が張るぐらい感じてしまう場所なのに、何度もきつく、容赦《ようしゃ》なく擦《さす》る指。

「ふっ、ゥ…ッ、く…っ」

叫び出したいほどの快感がそこから湧き起こって、気づいたら視界が涙で溢れていた。瞬きで落ちた涙が剝き出しの肌を打つ。せめて声だけでも堪えたくて必死に抵抗するも、それに気づいたらしい紺色の瞳がその奥に残忍《ざんにん》な光を宿した。

「さっきも可愛い声で啼いてたね、隼人に指しゃぶられて。もっとああいう声、聞かせてよ」

「あっ、ア…ッ……んン、ぁあっ」

左手で先端を弄りながら、右手で刀身を握りゆっくりと上下に摩る。急激にここまで追い上げられて、息がうまく継げない。濡れた先端がビクビクっと首を振った。

「ちなみに俺がいいって言うまではイけないよ」

絶頂近くまで追い詰められていた体に、非情な言葉の枷《かせ》がかけられる。

「あァ……ッ」

絶望的な気分だった。いつ弾けてもおかしくないほどに昂って、さらにこんなびしょ濡れになるほど責め立てているのに、解放を許されない衝動が体中で荒れ狂う。

「少しピッチを下げようか。ゆっくり扱《しご》くだけにして」

グラフの波型《はけい》のように緩やかな下降を見せた快感が、ようやく日夏の肺にまともな呼吸を許した。少し肋《あばら》の浮いた薄い胸が何度も荒い呼吸を紡《つむ》ぐ。体の隅々まで快楽に支配されて、日夏の肌はきれいな桜色に紅潮していた。緩い刺激に声の消えた喉が無言で喘ぐ。

「なんだ、見た目の作りは本当に変わらないんだね」

開いた脚の間を観察するように見ていた一尉が、ふいにそんな感慨を零した。

穏やかになっていた快感を、湧き上がってきた怒りが急激に凌《しの》ぐ。

「てめえ……ふざけんな…っ」

濡れた瞳を眇めて、日夏は渾身の力で一尉を睨みつけた。

いまこの瞬間、視線が武器になればいいのに。そうしたらこいつを射殺せるのに……。なのに伸びてきた一尉の手をいまは避けることもできない。悔しさで唇を嚙み締めることすら——。

涙で濡れた頰を一尉の指がそっと一度だけ撫でていった。

「だからその目は逆効果だってば。もっと貶めたくなる。——次はどうしようか？」

その後も一尉の悪辣《あくらつ》な命令は続いた。そのたびに悲鳴を上げ、喉を鳴らし、涙を散らして日夏は喘いだ。いままで感じたことがないほどの快楽に押し流されて、理性も意識も手放してしまった方が楽だと思うのにそれも叶わない。

「いいよ、イッて」

ようやく一尉の許しが出た時には、瞼の裏で白光《びゃっこう》が弾けた気がした。

「でも、少しずつ出そうね」

「ぁア…ッ」

言われた途端、白濁した奔流が勢力を失う。体中でくすぶっていた衝動が覆った掌の中にドロドロと吐き出された。勢いのない吐精は、想像以上に長い絶頂を日夏に強いる。

「…ッ、…くぅ……ッ」

下腹部を何度も痙攣が襲った。ガクガクと腰を突き出すたびに、また新たな快感を味わわされる。長い吐精が終わってもなお、体のあちこちが余韻で断続的に揺れた。

——地獄のような三十分だった。

がくりと項垂《うなだ》れて息をつく日夏を、一尉はパイプ椅子で脚を組んだまま眺めていた。いまだこの体は一尉の支配を逃れていない。感覚で解る。もしまた何か命じられたら、その通りに動いてしまうだろう。だが、操れるのはあくまでも行動だけだ。

「じゃあ『お願い、許して』って言えたら、術を解いてあげるよ」

「てめえ…」

このうえ、さらなる屈辱を言葉で上乗せするつもりなのだろう。そんな汚い魂胆に屈するわけにはいかなかった。たとえこのまま犯されたとしても、自分の心を曲げる気はない。ぜったいに。

そんな行為で、むざむざ汚されてなんかやらない。

「死んでも言うか…！」

殺意の滲《にじ》んだ眼差しで見返した先、一尉がふと何かを見失ったように青い双眸を宙に浮かせた。

「君は、どうしてそんなに真っ直ぐなのかな…」

「ああ？」

それは日夏に向けてというよりも、独白《どくはく》に近い呟きだった。外ではなく己の内面を見つめるように、焦点を失った瞳は何を捉えるでもなく、ぽかりと開いたまま宙を見据えている。

「流された方が楽な局面でも、けして流されないいんだね」

薄い唇が漏らす呟きに、日夏は怪訝《けげん》な面持ちで眉を寄せた。

「……流されて得たものに価値なんかあるかよ」

確かに流された方が楽な局面というのも、世の中にはあるだろう。だがその選択は同時に、自分の中の何かを失うことを意味する。たとえばプライド、たとえば信念――。矜持《きょうじ》と引き換えてまで欲しいものなんてそうたくさんありはしない。

「留まったことで何かを失ったとしても？」

「自分を見失うよりはマシだ」

「――なるほど。君は俺が捨てたものをまだ持ってるんだね」

遊びに飽きたように、前触れなく術が解かれる。

見つめていた瞳が輝きを失い、藍色に沈んだのを見た直後――。

「ふざけんな！」

日夏の右ストレートが一尉の頬に決まっていた。その勢いでパイプ椅子ごと倒れる姿を目で追う。冷たいタイルに投げ出されたまま、一尉が苦笑しながら溜め息を零した。

「君の真っ直ぐさは驚嘆に値《あたい》するよ、本当に」

「いまさら戯言か？」

日夏の行動ぐらい予期していたはずだ。いまのはわざと避けなかったのだろう。唇の端に赤い血が滲んでいるのが見えた。その傷以上に痛々しい笑みを浮かべて一尉が立ち上がる。その瞳はまた鮮やかな紺色に変貌していた。

「君を汚してみたかったんだけどな」

「あ？」

（つーか、なんでおまえの方が傷ついたみたいな顔してやがんだよ…？）

憂《うれ》いを含んだその表情は、さっきまでとはまるで別人だった。それでも差し伸べられた手には警戒が募る。思わず身構えると一尉の口元に苦い笑みが浮かんだ。

「君の目から見たら、世界はどんなに鮮やかなんだろうね」

「え…？」

ふいをついて、前髪をすいた額に口づけられる。

「古閑が迎えにくるまで、また少し眠るといいよ」

涙で濡れた頰を撫でられて、テラスで自分の額を包んでいたのもそういえばこの感触だったと思い返す。心地よい冷たさを孕んだ指が眦に残っていた涙を払う。

「謝っても謝りきれないけど、ごめんね」

そんな言葉を脳裏の端に引っかけながら、日夏はまた眠りの底に落ちていった。

5

次に目が覚めると、傍らにいたのは古閑だった。

パイプ椅子に浅く腰かけ、あまりに呑気な顔つきでポータブルゲームなんかに興じているので、『さっきまでのことは夢だったんじゃないか？』と数瞬思うも、だるくて動かない体がすぐにそれを否定する。

（だよな、夢なわけがないよな…）

開いた双眸を声もなく歪めると、日夏は苦い思いで天井を見つめた。

「さすがにやり過ぎた、悪い――って言ってたぜ？」

日夏の覚醒にいつ気がついたのか、古閑がプレイ画面から目を離さずに言った。

「……悪いで済んだら警察いらねーんだよ」

そう低く毒づくと「そりゃご明察」と古閑が軽く笑いながら応じる。

時計を見ればもう放課後だった。サイドテーブルには古閑が持ってきてくれたのだろう、自分の荷物が一式置かれている。重い体を無理やりベッドから起こすと、日夏は溜め息とともに無力な舌打ちをチッと散らした。そこでようやく自分の服装がきちんと整えられていることに気づく。

よれたシャツはきちんとボタンを留められ、スラックスも元通り下肢を包んでいた。よく見れば自分が寝ていたベッドも、右端から真ん中へと移されている。考えてみれば当然の話だ。シーツの上は散々な有様になっていたのだから。それらの後始末をあいつがどんな気持ちで終えていったのかは知らない。そんなことは自分の気にすることではない、と思う。だが――…。

（なんなんだよ、あいつ）

張り詰めていた糸が断ち切れたように、急に覇気《はき》を失った瞳。

疲弊と諦念《ていねん》とに満ちた眼差しを思い出しかけて、日夏は慌てて首を振った。

向こうがどんな気だろうと、自分が受けた屈辱が変わるわけではない。謝られたところで許す気もなかった。滾《たぎ》る怒りはまだ胸の内にある。

「クソ…」

少し動いただけで過敏になっている箇所《かしょ》が、服の中で擦れて日夏を苛《さいな》んだ。煩《わずら》わしいその刺激に唇を噛んで耐えながらベッドを降りる。床に揃えられていた上履きに爪先を入れたところで、古閑がおもむろにポケットから取り出した携帯をどこかへと繋げた。十秒ほどの短い通話で、裏門前にタクシーを呼んでくれたことを知る。

「十分で到着するってさ」

「……解った」

古閑のその配慮は正直ありがたかった。たった二駅の道程《みちのり》だが、この体で電車に揺られて帰る気力はなかった。制服に続いてタクシー代も予想外の出費だったが、とりあえず今日稼いでおいてよかったな…とまだ完全には覚醒しきっていない頭の隅でぼんやり思う。カーテンレールに掛けてあったハンガーを取ると、日夏はブレザーに袖を通した。古閑は相も変わらずゲームに勤しんでいる。

一尉からどこまで聞いているのかは知らないが、古閑の態度はいつもとまるで変わらなかった。もしくは何も聞いていないのかもしれないが、なんとなくすべて察しているような気もした。

「そーいや隼人のヤツが、数学のノート早く返せって言ってたぜ？」

「あ、忘れてた」

「明日あるからぜったい忘れるなってさ。以上伝言」

「はいはいっと」

（そういえば携帯は無事だったろうか？）

ふいに思い出して日夏はブレザーのポケットを探った。試しに電源を入れてみると、難なく画面が明るくなる。隼人から同じ内容のメールが届いていたので『うっせー、解ったボケ！』とだけ返信すると、日夏はさっさとまた電源を落とした。

古閑がうまく立ち回ってくれたらしいので今日のところは大丈夫だと思うが、念のためだ。さすがにいまはあの祖母を相手にできるだけの気力がなかった。

そろそろいこうぜ、という古閑の声に促されて医務室を出る。裏門までの道中もその後に乗ったタクシーの中でも、日夏は一言も口を利《き》かなかった。それを気にしたふうもなく、ひたすらゲームに興じている古閑の横で車窓からの流れる景色に目を留める。

こうしているとつい考えてしまうのは、やはり一尉のことだった。

考えてみれば、最初から必要以上に絡んできていたのは向こうの方なのだ。日夏としては投げつけられた挑発にただ乗っただけだ。それは相手が誰でも変わらない。

(あいつじゃなくても)

『同じハイブリッドながら、かたや境遇に恵まれた模範生——』

そんな比較にも、いまさら大した意味は感じなかった。誰かを羨む気持ちなんて、とっくの昔に捨て去ってきている。——あまりにきりがなさ過ぎて。

(こいつにも俺の気持ちは解らない)

ただそう思うだけだった。誰に対しても、常にそう判ずるように。

だが向こうには明らかに、日夏に向けて放たれる意志があった。一尉の興味はなぜ初めから自分の上に据えられていたのだろうか?

(俺がめずらしい『ハイブリッドの半陰陽』だから?)

その手合いの興味ならずっと、それこそあの家に引き取られてから十年近く、休む暇なく注がれてきた。それこそ嫌というほどに——。けれどそれとは違う「何か」が、一尉の目の裏には刻まれていたような気がしてならない。「雑種《ハイブリッド》」という共通点しかないのに、エリートの優等生が問題児の自分を気にかける理由など思いあたらないけれど。

最後に見た眼差しをもう一度思い出す。浮かんでいたのは疲弊と諦念と——それから。

（羨望……？）

そんなわけないと思いながらも、あの瞳を思い出すとなぜかそれが否定できなかった。

羨まれる覚えなど一つもありはしない。むしろそれはあいつ以外の者、全員の特権だろう。名家のサラブレッド同士の間に生まれ、何不自由なく育ち、容貌にも才能にも恵まれ、いまや名声も欲しいまま――ハイブリッドには異例のエリートコースをそこまで完璧に歩みながら。

このうえ何を羨むというのか。

（この俺の、どこを？）

知れず浮かんでいた自嘲が日夏の口元を苦く彩《いろど》った。

ウィッチの中では最大の派閥《はばつ》を誇る『椎名《しいな》』の名に、末代《まつだい》まで拭えない泥を塗ったと罵られる自分のいったい何を？　ヒトの血が入ったという理由で『椎名』を名乗ることは強固に許されず、いまだ父親の姓だった『森咲』を名乗らされている自分のどこを？

憐《あわ》れまれる覚えこそあれ、羨まれる心あたりは皆無だった。

一尉のことを考えれば考えるほどに、胸のどこかに空いた穴が少しずつ広がっていくような気がする。唯一胸を張れるほどの自信があった能力も、一尉にはまるで敵わなかったのだ。

（チクショウ…）

力でなら誰にも負けないと思ってたのに――。

痛む胸から気を逸らして、日夏は窓ガラスに目を留めた。夕闇に沈みはじめた街の風景が、ただひたすらに窓枠の中で流線を描くのを無為に眺める。

「さーて、飯どうするよ」

「え？」

タクシーを下りたところで古閑に声をかけられて、日夏はようやく現実に意識を戻した。

もうほとんど落ちかかっている太陽が、かろうじて街並みの外れに引っかかっているのが見える。

オレンジ色の輝きが灰色がかって見えるのは、夜から雨の予報が出ているからだろうか。

「あー、えーと…」

なんとなく調子が狂うのは、こんな時間に古閑と二人でいるせいもあるだろう。

「つーか、出かけねーの今日は？」

「そ。めずらしく空いてんの。ピザかなんか、デリバっちゃう？」

「いや、重いモン却下《きゃっか》」

「んーじゃ、そばでも取っときますか」

オートロックを解除した古閑の背中に続いてゲートを潜る。

一緒に住んではいても同居人の生活が乱れまくっているために、こんなふうに二人揃って帰ってくることは滅多にない。昼の電話で祖母から監視の目を強めるよう頼まれもしたのだろうが、そもそも肝心の古閑には任務を全《まっと》うする気があまりないらしい。

三年前の三月——向こうで問題を起こした日夏は、神戸の本家から追い出されるようにして東京の古閑のもとへと送られてきた。『俺、おまえの監視役らしいんでヨロシクー』と、何も知らされていなかった日夏に先に種を明かしたのは古閑の方だ。

古閑曰《いわ》く、数十年前から『椎名』の一統は東西で分裂し、いまは二つの派閥がそれぞれに「正統な家筋」を主張し、互いを牽制《けんせい》し合うような形で膠着《こうちゃく》状態に陥《おちい》っているのだという。血筋がどうだとか、そういったいざこざには一切興味がない日夏には初耳だったが、魔族の世界ではどうも周知のお家騒動らしかった。聞けば昔から「東」は能力主義、「西」は血統主義という傾向にあったらしく、その長年の軋轢《あつれき》が下敷きになっているせいでその亀裂はいまも深まるばかりなのだという。

互いが『本家』を名乗り、相手を『分家』と貶め合う——この下らない争いに唯一加担しないのが独自の路線を貫き、どちらの側に対しても不動の地位を築いている『古閑』だった。『椎名』の傍流ながら、他に類を見ない「能力」を長年にわたって輩出し続けている古閑の家筋は、東西どちらにとってもジョーカーのような存在にあたるらしい。敵に回すのも怖いが、懐《ふところ》に入れるにはリスクが高い——そうしていつの間にやら「不可侵《ふかしん》の領域」と暗黙《あんもく》のうちに定められていたのだと古閑は笑う。

神戸を拠点とするあちらの本家に置けなくなった日夏を預けるとしたら、古閑の家筋しかなかったということらしい。だが古閑の本拠地である京都ではまた違う問題が発生してしまう——。そんな事情もあって東京で一人暮らしをしていたこの男に白羽《しらは》の矢《や》が立ったのだろう。

そういった背景もあり、古閑は西の『本家』からの指令に従う姿勢をほとんど見せない。中立というよりは傍観に近いスタンスにいる古閑からすれば、事態がどう転ぼうと大して興味はないのだろう。

日夏のことにしても。お家騒動にしても。

基本の表情が「薄笑い」なので、この男の心中《しんちゅう》を探るのは容易ではないけれど――ただ意外に友達思いなことを日夏は知っていた。

出前のそばを平らげ、余剰《よじょう》な時間がリビングを満たしたところで古閑の携帯が鳴る。部屋から出ずに話を続けているところを見ると、数多《あまた》ストックしている女が相手ではないのだろう。さして興味もなく、日夏はその様を視野に入れながらソファーに寝転んでつけっ放しのテレビを眺めていた。

「え、ああ本人に代わる？」

聞こえた言葉に思わず視線の焦点を転じる。祖母が相手だったら冗談じゃないと思いつつも、それにしてはやけに口調が軽い。口ぶりから推して相手は隼人か八重樫だろう、と踏んだところで、「オツケ、伝えとくー」と古閑が長くもない通話を終えた。

「誰、いまの」

「一尉。日夏に伝言だってさ」

「……ああ？」

躊躇いもなく限界まで歪めた顔に、古閑がさすがに苦言を呈す。

「おまえちょっといま、すごい顔してるよ？　顔が取り柄《とえ》なのに大胆なことすんなぁ」

「放っとけ！　で、何だよ伝言って？」

腹立ちのままに声を荒らげてみても、古閑に動じる気配はない。飲みかけだった缶コーヒーを悠々と口元に運んでから「ああ、なんか明後日《あさって》の話なんだけど…」と、マイペースにその口を開いた。

「十一時にライカン棟の屋上で待ってるって」

「いく義理ねーよな？」

「それは日夏が決めることだろ。俺はただの伝言係。あいつがどういうつもりかも知んねーし、おまえらの間に何があったかも興味ねーよ。——いやまあ、ちょっとはあるけどね？」

やっぱ日夏のイキ顔は俺も見たかったしー、などと薄笑いで続けられた言葉に、思わずつかんだクッションを古閑の顔面目がけて投げつける。

呼び起こされた羞恥でカッと頬が熱くなるのが判った。

「てめ、知ってんじゃねーかよ…！」

「うっわ、マジで手ェ出したんだあいつ！　……油断ならねぇ」

どうやら本気で驚いているらしい古閑の声を聞いて、遅ればせながら自分が鎌《かま》をかけられたことに気づく。

（最悪、こいつ…）

ソファーに残っていたクッションに顔を埋めると、日夏は気まずい沈黙に耐えた。

「日夏ー？　ヒナっちゃーん？」

ローテーブルの傍らに座っていた気配が、おもむろに立ち上がって近づいてくるのを感じる。じっと身構えていると、ポンポンと軽く後頭部を叩かれた。

「バージンじゃなくても日夏の価値は変わらないぜ？」

「………てめえ、それで慰めてる気か」

「考えようによっちゃラッキーじゃん。あいつとヤリたい女子なんて星の数ほど…」

「ヤッてねーよ、バカ！」

顔を上げて睨みつける。だが、そこには意外なほど真面目な顔つきをした古閑が立っていた。

「ふうん。ヤッてはないけど陵辱《りょうじょく》はされちゃった、って感じ？」

こいつが薄笑いを浮かべていないところなど、久しぶりに見た気がする。肘かけ部分に腰を下ろした古閑が、またポンと日夏の頭に手を置いた。無骨な指先が何度も赤毛の毛先をすくう。

「なるほどなぁ…」

いつになく神妙な顔つきの古閑に釣られるようにして、日夏も口を噤《つぐ》んだまま大人しくその指戯を受け入れた。ぱふ、とクッションに片頬を押しつけてそっと目を閉じる。こんなふうに誰かに頭を撫でられるのなんてどれぐらいぶりだろうと思いながら、たまにはこういうのも悪くないなと少しだけ思う。仕方ないから少しぐらいは慰められてやろう——。

しばらくの間、テレビから聞こえる音だけが十八畳《じょう》のリビングを占拠した。それから古閑が口を開くまでにどれぐらいの時が流れたのだろうか。

「エリート街道もさぁ…」

重い舌を無理に動かすように、古閑がいつになく歯切れの悪い発声をする。

「そう楽じゃねーと思うんだよな」

「——……」

静かな感情を孕んだ声を、日夏はクッションに頬を押しつけたまま聞いた。

「あいつ明日、欠席するんだってさ。理由が『両家の親戚や関係者に挨拶回り』ってんだけど、たったそれだけで丸一日潰れるってどんだけ回んだよって感じだよな?」

「………」

無言の日夏を気にかけるふうもなく、古閑の言葉は淡々と続く。

「でも、これがまあすげー数いるわけだ。いまは『吉嶺』を名乗ってるけど、あいつの父方の家って『佐倉《さくら》』だぜ? 俺らの倍は親戚連中がいる計算だよな」

ライカンの最大血族の名前ぐらいは日夏も知っている。『吉嶺』にしても、関東では『椎名』に次いで幅を利かせている一族だ。

(本当に派手なバックグラウンド背負ってやがるな、あいつ…)

名のある両家の、それも直系のサラブレッド同士の間に生まれたとなれば、エリートコースの土台は最初からあったということだ。だがどんな境遇に恵まれたとしても、いまの「生き方」を選択したのは自分自身のはずだ。

「そんだけの人数に残らず気ィ回して、将来への根回しとか抜かりなく手ェ打って、あいつはずっとそうやってきてんだよ。実際そいつら全員黙らせるぐらいの実績を、いまも着々と積んでるんだから

偉いと思うよ」

「……そういう道を自分で選んだんだろ、あいつが」

己で選んだ道に降りかかる辛苦《しんく》は、甘んじて受け止めるのが当然の義務だ。自らが定め、望んだ道を歩むことにそんな賞賛の声が必要なのか？　日夏の心中を察したように「まあね、あいつは好きでやってるからね」と、古閑が少しだけ声のトーンを下げた。

「数ある選択肢の中から、あいつはアレを選んだんだよ。あいつってさ、望まれて生まれた子供じゃないんだよね。能力が覚醒するまではどっちの家にも疎まれて育ったって言ってた」

(――望まれない子供)

そのフレーズに、少しだけ胸がチクンとした。

確かにハイブリッドにはそうめずらしいことではない。火遊びの結果として異種間に生まれ落ちる場合がそのほとんどだったから。だが、だからといってその全員が疎まれるかといえばそうでもない。血が混じった末の弊害はあるものの、それゆえの強大な魔力はそれなりに需要も高い。

それにしても――…。

(こんな話、聞かせてどうするつもりだ……？)

古閑の意図を探ろうと思ったところで、髪を撫でていた手がふとその動きを止めた。

「能力の覚醒ってさ、だいたい四歳か五歳ぐらいの間にくるじゃん？　かくいう俺も四歳ん時でさ、五歳の誕生日にはもう蛇を一匹、棲まわせてたよ。この体に」

いま思い返せば、日夏の力が覚醒したのも母親がまだ存命《ぞんめい》だった頃だ。

『日夏はママに似て魔法が使えるのよ』

能力について詳しく聞かされた覚えはないが、そう言った母親の笑顔だけは妙に印象的でよく覚えていた。日夏が母親を思い出す時、いつも浮かぶのはこの時の笑顔だ。

たいがいの魔族はその年頃で能力に目覚め、コントロール法を学びながら成長していく。

「でもあいつが覚醒したのって八歳の時なんだよね」

「…………」

それは魔族としてはかなり遅い覚醒だった。覚醒時期は種族や個体によっても多少変わってくるが、ハイブリッドの場合はそこまで遅いとまず「不能」の疑いをかけられる。ごく稀にだがハイブリッドの弊害がそんな形で出ることもあるからだ。ここ数十年近く、無能力の魔族は出ていないという話だが、もしそれが確定したらその者は魔族の最下層として貶められ、生きることになるだろう。不能を出した家もまた、周囲から心ない中傷《ちゅうしょう》や弾劾《だんがい》を受けるのは必至《ひっし》だ。

日夏は黙ったまま、続く古閑の言葉に耳を傾けた。

「俺が会った時にはもう覚醒してたから、あいつがそれまでどんな扱いを受けてたかは知らねーよ。でも覚醒直後、両家で身柄を取り合う熾烈な争いが起きてたのは覚えてる。目覚めた力が桁外れだったからな」

「……あいつの力、って」

「昨今じゃめずらしい稀少系らしいぜ？　自分では『強奪《スナッチ》』とか呼んでたけど。他人の力を吸収して、一時的に自分の能力として使えるんだってよ。攻撃受けても吸収しちまえば本人に影響は出ねーし、ある意味無敵？　そりゃアカデミーも興味持つよな」

（なるほど…）

勝算もないのに闇雲《やみくも》に突っ込んでいく自分の姿は、ドン・キホーテさながらに見えたことだろう。己の能力に対しての自信がガラガラと崩れ落ちていく。あの家に引き取られて以来、自分がずっと振り翳してきたものがそれほど大したモノではなかったと——打ちのめされた思いだけが残る。

浮かべた苦笑を見られたくなくて、日夏はクッションに鼻先を埋めた。

「おかげで覚醒から僅か二年でキング、十二歳でアカデミー入り——。あいつの派手な経歴なんて挙げ出したらきりがねーんだけどさ。あれ全部、計算だから」

「計算？」

「そ。普通はそんなこと考えたって体現できねーけどさ、あいつは『自分』の使い道を心得てんだよな。自分が敷いたレールの上を寸分《すんぶん》の狂いもなく、あいつはいままでずっと歩いてきてんだよ。最大限に自分を活用してな」

「なんでそんな…」

「さあ？　あいつにはあいつの原動力があんだろ」

（——原動力）

自分にとっては馴染み深いその言葉に、日夏は一尉の冷めた横顔を思い出していた。何物にも染まらなさそうな、高潔で凛《りん》とした佇まい。静謐《せいひつ》に保たれていたあのオーラの一枚下に秘められていた鋭さがそうなんだろうか。

(あれがあいつのモチベーション——…?)

「もしくはそれに引き換えても欲しい何かがある、とかね」

クッションからゆっくり浮かせた視界に、どこか遠い目をした古閑の横顔が見えた。

(欲しいものなんて……)

それを手に入れるために、いったいどれだけの犠牲を払わなければならないというのか。

いくら魔力が強かろうと、どんなに容姿が際立っていようと、たとえ名家に生まれようとも、所詮それだけでは上にいけないのが魔族社会だ。渦巻《うずま》く権謀術数《けんぼうじゅつすう》を読みきる叡智《えいち》と、逆にそれを利用できるだけの才覚をともに持っていなければ意味がない。何かを捨てる覚悟がなければとても歩めない道だろう。

「つーことで並大抵《なみたいてい》の苦労じゃねーと思うわけよ、あれだけの看板を維持すんのはさ。ま、わりと楽しげにも見えちゃうんだけどね、あいつの場合」

「……なんでそんなこと俺に言うんだよ」

「いちおう、友人のフォローって感じ？　どっちかっつーと日夏へのフォローなんだけどね、これ」

「え？」

「そんなしおらしい顔で落ち込まれたら、つい押し倒したくなるじゃん？」

言葉とは裏腹、優しい手つきが日夏の猫っ毛を撫でる。この手合いの台詞はすでに聞き飽きるほど聞かされているが、実際に実行に移されたことは過去に一回しかない。

「そんなことされたらまた返り討ちにしてやる」

「あー…『賭け』ん時は散々な目に遭わされたよなぁ」

その時のことを思い出したのか、苦々しい口調になった古閑を見上げると、その顔にはいつもの薄笑いが戻っていた。

「今度、実践する時は一服《いっぷく》盛ってからにするわ」

「言ってろよ」

髪を撫でていた指先が耳元をくすぐるのを振り払ってからソファーに身を起こす。クッションを抱えてコットン地の座面《ラグ》にあぐらをかくと、日夏は「なあ…」と胡乱《うろん》な眼差しを古閑に注いだ。

「俺、あいつのストレス解消に付き合わされたとかじゃねーよな…？」

嫌な可能性だが、ないとは言えなくもないものを感じる。廊下やテラスでの態度にはそれで説明がつく。医務室は――…ちょっと保留といったところだが。

「さあ、それは俺にも判んねーよ。ただ」

そう言いかけてから古閑がまたポンと日夏の頭に手を乗せた。

（この野郎…）

しつこいっ、と抗議した日夏の頭を難なく押さえ込みながら、古閑が「俺さー」と独りごちる。

「初めて日夏に会った時、一尉に似てるなって思ったんだよね」

「はっ?」

「だからあいつも、何か思うところあったのかなーなんて。ハイ、推測終わり」

最後にグンと一度体重をかけられてから、ようやく頭が解放された。

(似てるって、俺とあいつがか――?)

「どういう意味でだよ」

ソファーからローテーブルへと回る背中に疑念を投げつけても、「だーからなんとなくだってば」と肩を竦められるばかりで埒が明かない。部屋の鍵と携帯とを着替えた私服のポケットに入れながら、今度はキッチンカウンターへと向かう古閑に日夏は大真面目で返した。

「俺はあんなに性格悪くない!」

「アハハハハハハハッ!」

本気で腹を抱えながら、古閑がスツールに掛かっていた上着を手に取る。やっべ腹筋いてーと下部を押さえつつ、その横顔が出かける気満々なのを日夏は眇めた眼差しで見送った。

「けっきょく出かけんじゃん」

「そ、気ィ変わっちゃったから。ちょっくら遊んでくんねー」

「もう帰ってくんな」

「ありゃ、もう雨降ってら。傘なしじゃ無理かなぁ」

一度窓辺に寄って外を眺めた痩身が、のらりくらりとリビングを横切るのを日夏は何とも言えない気持ちで見送った。もちろん夜遊びに出たいのも本音だろうが、その底には日夏に対する配慮も見え隠れしているような気がした。一人で考える時間をくれようとしているのだろう。

「ま、明後日いくかどうかは日夏の自由だよ。好きにしな？」

「……ん」

さっきは冗談じゃないと思っていた呼び出しだが、いまは少しだけ心持ちが違った。だが自分の中で滞留《たいりゅう》しているこの気持ちを見極めるには、やはりまだ時間がかかりそうだった。クッションの側面に顎を乗せながら、視界の照準《しょうじゅん》をぼかして宙を見つめる。

「あ、ちなみにバーさんからも伝言。四十五と三十五、どっちがいいかってさ」

「は？」

意味の解らない伝言に眉をひそめた日夏の前を、ローテーブルを経由《けいゆ》した古閑が残っていた缶コーヒーを呷《あお》りながら通り過ぎる。そのしれっとした様子に何やら不穏なものを感じながら、日夏は薄手の黒いナイロンジャケットを目で追った。

飲み終えた缶をカウンターに置き、玄関とリビングとを隔てる扉に抜かりなく手をかけてから、ようやく古閑がソファーを振り返る。唇の片端がニヤリ、と嫌な感じにめくられた。

「見合い相手の年らしいぜ。今月末にはどっちかと面会セッティングするから、嫌なら自分でさっさと花婿《はなむこ》見つけてこいってさ」

「な…っに横暴こいてんだ、あのババア…！」

憤慨《ふんがい》する日夏を尻目に、古閑がリビングの扉を人が一人通れる分だけ隙間を開けて確保する。

「期限は日夏の誕生日まで。っつーと、あと一週間か」

「ふざけんな！」

「なんだったらヒナっちゃん、俺と結婚する？」

そしたらイキ顔見放題だもんね、などと言い放った友人に向けてクッションを投げつけるも、それは虚しくリビングの扉を叩いただけに終わった。その向こう側に悠々と脱していた人影が曇りガラス越しに「バイバーイ」と手なんか振ってみせる。

（――前言撤回だ…！）

古閑の外出には日夏に対する配慮など一欠片もなかったといまなら言える。祖母からの伝言を伝えるタイミングをずっと計っていたんだろう。外出の真意は紛れもなく己の身の安全のためだ。

「二度と帰ってくんなッ！」

腹の底から思いきり叫ぶと、日夏は収まらない憤《いきどお》りを罪のないソファーに拳《こぶし》で打ちつけた。

魔族には発情期《ヒート》というものがある。

これは三つの種族に共通する体内システムで、基本的にその期間に性交しなければ妊娠の可能性はない。一回のヒートは約一週間で、その周期は個体にもよるが、だいたいが一ヵ月から三ヵ月のサイクルで巡ってくる。要はその期間さえ間違わなければ「ヤり放題」ということだ。魔族の貞操観念がぺらぺらに薄いのはこういった体質も災いしてるのだろう。

ほとんどの魔族は十歳から十三歳ぐらいまでの間にヒートを迎え、生殖行為が可能な『成熟体』に移行する。ヒートが近くなると体温が上昇し、性欲が強まる兆候があるのですぐ判るのだという。

(どんな感じなんだろうな…)

古閑のいなくなったソファーで一人、日夏はクッションを搔き抱きながら目を閉じた。

自分にはちょっと想像がつかない。なぜならこの身は『半陰陽』だから――。

平常とは異なる自分の体質について、実を言うと日夏はそんなに詳しくなかった。

十六歳の誕生日を機にようやく体が成熟を迎えること。それ以降はヒートのある一定期間のみ、体の内部が「変化《メタモルフォーゼ》」を起こすこと。それぐらいの、本当に基本的なことしか知らない。

自分の体のことなのに知らないのか、とよく言われたが、それは逆だ。

自分の体のことだから――あまり知りたくなかった。

(……そうも言ってらんねーけど)

四月三十日に日夏は十六回目の誕生日を迎える。祖母としてはどうしても成熟前に「婚約」を成立させておきたいらしく、今年に入ってからはずいぶん強引な手段に出るようになっていた。

無節操な魔族も、生殖に関わる面では慎重を期する。雌体を基本とする半陰陽ならまだしも、雄体の場合は成熟後に万が一「間違い」が起きてしまったら元も子もない。誰とも知れない男の子供をうっかり身籠《みご》もりでもしたらそれこそアウトだ。それに成熟前ならまだしも、成熟後はたとえ発情期でなくとも男と交わっただけで、周囲には「疵物《きずもの》」という烙印《らくいん》を押される。そうなってしまっては価値もガタ落ちだった。だから妊娠の可能性がない、いまのうちにどこか有力な家と縁を結んでしまおうと躍起《やっき》になっているのだ。

半陰陽は十六までに結婚相手を決める、それが魔族のセオリーだった。その定理に従い、たいがいの者は幼い頃から「許婚《いいなずけ》」を家に定められている。日夏にもかつては「許婚」がいた——。

相手は一つ年上で、神戸で知り合った者の中では日夏が唯一心を開いている相手でもあった。その事実を知ったあの日までは。

いま思えばすべては周到に、そして祖母の青写真通りに仕組まれていた。

親戚筋でもない『鴻上《こうかみ》』の一人息子が、なぜ『椎名』の家で暮らしていたのか。表向きは体の弱い息子の療養《りょうよう》のためとされていたが、それが建前《たてまえ》であることを周囲の者は初めから知っていたのだろう。日夏が七歳の時に離れに移り住んできたこの少年は、確かに体が弱く、覗きにいくと床に臥《ふ》せっていることが多かった。自分の姿を見ても顔を顰めない、罵声《ばせい》を浴びせない、視線を逸らさない。本家に連れてこられてから、そういう相手に会うのはそれが初めてだった。

いつ会っても穏やかに声をかけてくれる。目が合うと優しく笑いかけてくれる。そんな少年の様子に、極度の人間不信に陥っていた日夏も次第に打ち解けるようになっていった。

体のせいで満足に学校にもいけない少年は、よく自室で難しそうな本を開いていた。日夏の他愛《たあい》ない質問にたくさんの答えをくれた聡明《そうめい》な少年。この博識《はくしき》な少年を日夏は兄のように慕《した》っていた。もしもこの少年に出会えていなかったら、日夏はあの家でもっと捻じ曲がって育っていただろう。だからいまの自分があるのはあの少年のおかげだと、日夏はいまでも素直にそう思える。あの笑顔や言葉のすべてが嘘だったとは思えないから。

何か嫌なことがあるたびに、日夏は少年のもとに逃げ込んだ。少年の言うことなら日夏も大人しく聞くので、祖母ですらも少年を経由して日夏に小言を伝えてくることがあった。

もしもあんなふうにではなく、違うアプローチで「許婚」の事実を知っていたら——いまごろ、違う未来があったのかもしれないと思う。

祖母の企んだ刷り込みは確かに成功していた。日夏の向こうっ気の強さは母親譲りだったらしく、下手に押さえつけたらまた二の舞になりかねないと思ったのだろう。幼い頃から傍に置き、唯一の逃げ場となるよう仕向けていけば、年頃を迎え「許婚」の事実を公表したところで、さしたる抵抗もなく折れるのではないか。その読みは確かに正しかった。

いつかは「嫁ぐ」身であると、家のためにせめてそれぐらいは役に立てと、日夏は小さい頃から耳にタコができるほど聞かされていた。だから十六を前にして少年の元《もと》に嫁げと言われていれば、それなりに受け入れていたのかもしれないと自分でも思う。他の、見も知らぬ男の元に嫁がされるぐらいなら比較にならないほどマシな選択だ。

——だが、事態はそういう方向には流れなかった。

初等部を卒業して中等部に上がるまでの僅かな休みを、日夏は少年と過ごすことに決めていた。その頃には少年もずいぶん丈夫になっていて、祖母の持つ金沢《かなざわ》の別荘に遠出をする約束をしていたのだ。口煩い祖母を筆頭に、何かとすぐに目くじらを立てる家人たちから離れて過ごせるこの旅程を、日夏は本当に楽しみにしていた。旅立ちの朝もずいぶんはしゃいで、少年に窘《たしな》められた覚えがあるぐらいだ。だがそんな日夏とは対照的に、少年はうっすらとした翳りをすでに笑顔の中に宿していた。それに気づきながらも大して留意《りゅうい》しなかったことを、日夏は二晩目に後悔することになった。

いくつかあるゲストルームのうち、一番大きな寝室を拠点に選んだのはこの別荘にいるのが自分たち二人だけだったからだ。それだけ少年の信用が『椎名』の家で確立していたのだろう。この旅行中の少年の名目も日夏の「保護者」だった。

朝と夕方だけ、近くに住む管理人が食事を作りにきてくれる。それ以外の時間は好きに過ごせる自由を、日夏はこのうえなく謳歌《おうか》した。うっかりハメを外しそうになっても少年がやんわりと注意してくれるので、一日目は何事もなく無事に過ぎた。いや、二日目の晩まではすべてが順調だった。

あの日、先に風呂から上がった日夏は、昼間はしゃぎ過ぎたせいでベッドに入るなり睡魔に襲われていた。心地よい眠りに誘い込まれそうになっていた日夏を現《うつつ》の世界に引き戻したのは、同じベッドに入ってきた少年の熱い手だった。

最初はただの戯《たわむ》れかと思った。風呂だって一緒に入ったぐらいだ、パジャマの上から体を触られることぐらい何とも思わない。腰元を探られてそのくすぐったさに笑いながら身じろぐ日夏を、少年の手が執拗に追いかけてくる。他愛ない遊びにしてはわりに念が入っていて、日夏が不審を感じる頃にはもうパジャマの中に両手を入れられていた。

遊びではない意志を持った指が胸の尖りに触れ、熱い息で湿った唇が首筋に寄せられる。それが何を意味するのか、日夏はすぐに解ってしまった。

「祐一《ゆういち》……？」

相対した瞳の表面にまでもう、その感情が溢れていたから――。

子供といえど、日夏の顔立ちはすでにその頃から可愛らしく整っていた。またその年頃にしかない愛らしさが、よけいに危うい魅力をプラスしていたのだろう。成熟前の体なら多少、手を出したところで構わないはずだ――そんな悪辣《あくらつ》なことを考える男が、残念ながら日夏の周りにはたくさんいた。そういった男たちを相手に能力を使うことで、皮肉にも日夏の能力制御スキルはずいぶん鍛えられたのだ。だからその目にはよくよく覚えがあった。

うっそりとした昏い欲情に濡れた瞳。

「なんでこんな…」

にわかには信じがたくて、日夏の反問は驚きで少し掠れていた。だが返ってきた少年の声はそれ以上に、昏い愉悦と静かなる昂りとでざらざらに掠れていた。

「——君は僕のモノだからだよ」

少年の言っている意味が解らなくて、ナントカの一つ覚えのように同じ反問をくり返していたように思う。どうして、なんで……——？　ショックで瞬きを忘れた緑色の瞳に、少年が満足感を得るのを日夏は間近で見てしまった。

「君はずっと僕のモノだったんだよ」

竦んだ体を熱い掌に撫で回されながら、日夏は初めて少年が「許婚」であったことを知らされた。京都を根城《ねじろ》に栄華《えいが》を誇る古豪《こごう》の一族『鴻上』と『椎名』との間で、この婚約がすでに七年前に取り決められていたこと。最初からすべて作為のうえであったこと。祖母の描いていた未来予想図——。

だがそれを知らされたことよりも、信頼していた少年がいま自分にこんな行為を強いていることの方が日夏にとってはショックだった。

「いずれするコトなんだから、いましても変わらないだろう？」

そう笑う少年はまるで別人のようだった。

——こんなことしたくない、と。

いくら泣いても頼んでも、少年は日夏の上から退《ど》いてくれなかった。年は一つしか違わないはずなのに、少年の手は日夏を襲った男たちと同じぐらいに手順を心得ていた。暴れるたびに着実に窮地に追い込まれていく感覚、そして見たことのない少年の様子に日夏は初めて恐怖を覚えた。

下世話な男たちに囲まれた時ですら、こんなに怖いと思ったことはない。

「嫌だッ！」

気づいたら能力を使っていた。なかばパニックに陥っていたのでなかなかうまく行使できず、その間も止まらない手に日夏は必死になって抵抗をくり返した。

実際、どれほどの時間があの時自分たちの間に流れていたのか判らない。

シン——と寝室が静まり返ってからようやく、日夏は正常な意識を取り戻した。ベッドの上に少年の姿はない。見回した視界にもその姿は入らない。ただ赤いものが点々とベッドから床にかけて散っているのが見えた。

開け放された扉から廊下を通り、リビングまで続く血痕。それを追って辿り着いた先に、血塗れの少年が倒れているのを見つけた。

唇が、舌が——。

自分の言った言葉を覚えていた。

「死んでしまえ」

はたして何度くり返したろうか？　少年が最初の血を胸から噴出させた時も、その意味すら解らず呪文のようにずっと呟いていたような気がする。

死んでしまえ、死んでしまえ、死んでしまえ——。囁くたびに血が噴き出ていた。

「祐一っ」

慌てて駆け寄ると少年はまだ息をしていた。か細い声で何かを呟いてるのを、日夏は耳を寄せて必

死に聞き取った。ごめん…、と日夏に詫びる言葉をひたすらにくり返す唇。

「こんなことになって本当にごめんね…」

少年はその言葉を最後に動かなくなった。揺り動かそうとしてその胸に、枕元のテーブルにあったボールペンが突き刺さっているのが見えた。

その後、泣きながら祖母に電話をしたのが午前二時。リビングにある置き時計をひたすら見つめながら爆発しそうな鼓動と闘って喋ったのをよく覚えている。長針が十分ほど進んだところで、管理人が飛び込んできて少年に応急処置を施した。あの管理人がたまたま治癒《ヒール》系能力者でなければ、もしかしたら少年は命を落としていたのかもしれない。

その日以来、日夏が少年に会うことはなかった。

婚約の裏には様々な思惑が絡んでいたらしく、『鴻上』と『椎名』との間で定められていた密約を破談にした咎で、日夏は神戸を追われることになった。なぜあんなタイミングで少年が日夏にすべてをバラしてしまったのか、その辺りの真相はいまだによく解らない。ただ『鴻上』ではなく別の家との間に縁を結ぼうという試《こころ》みが水面下にはあったらしい、というのはずいぶん後になってから古閑に聞いた話だ。

「日夏を取られたくなくて焦ったんじゃないの?」

「誰が?」

「鴻上の息子がさ。あのままいったらたぶん婚約解消って方向にいってたろうし、その前に既成《きせい》事実を作っておきたかったのかもな。……成熟前じゃ意味ねーけど」

古閑の見解が正しいのかどうかは知らない。いまとなっては確かめる術もなかった。

表向きは『鴻上』の面子を潰したのは日夏一人ということになっている。その引き金を引いたのが鴻上の息子だということも関係者には知れわたっていたが、実際問題としてその大事な一人息子を日夏のせいで鴻上家が失いかけたのもまた事実だ。『椎名』と『鴻上』はいまだ断絶状態にあった。その関係が修復される見通しは今後も立つ予定がないという。

少年とコンタクトを取ることは両家から固く禁じられていたので、その真意を訊《たず》ねることは叶わなかったけれど──六年もの年月をかけて築いた絆《きずな》がすべてまやかしだったとは思わない。少年もそこまで器用ではないだろう。

気を失う寸前「僕のことは忘れていいから」と日夏に向けられた眼差しは、いつもの少年の穏やかさに満ちていた。利発そうな聡《さと》さを秘めた瞳。「ごめんね…」と苦しい息を継ぎながら、何度もくり返された言葉も少年の本当の気持ちだろう。

──そんなことがあってから一年近くは、祖母の攻勢もだいぶ緩かった。だがグロリアでの二年目を迎えた辺りから次第に勢いを増したそれは、いまや最高潮に達しようとしていた。

ここ数ヵ月だけで、勝手にセッティングされていたお見合いをいくつ反故《ほご》にしたことか。最近はもう下手な鉄砲《てっぽう》を数撃つことに決めたらしく、家柄もそこそこの中年男までが相手として浮上してきているのだから、向こうもなかば自棄《やけ》なのかもしれない。

目前に迫った「賞味期限」を前に、祖母は日夏に一つの条件を提示してきた。

「無理強いされるのが嫌なら自分で候補を見つけてきな」

どうあっても日夏を「花嫁」としてどこかに嫁がせる、というプランを変更する気はないらしい。小さい頃はそれほど深く考えていなかったが、それはすなわち男相手に脚を開くということだ。ましてや孕まされるなんて——考えただけで鳥肌が立つ。

何度も抗議を試みたが、日夏の言い分は聞き入れられなかった。

「それがおまえの義務だろうが」

最後はいつも、理不尽なこの一言で終わる。事態は平行線——というよりも、一方の線にじわじわと追い詰められているというのが正しい現状だろう。

「てめえの選んだ男で手ェ打ってやるって言ってんだ。ずいぶんな譲歩だと思うがね」

確かに名家や有力な家とのパイプラインのみに使おうとしていた当初の手口から考えれば、それは驚くほどの譲歩だ。どこへでもいいから日夏を押しつけて、問題児を片づけてしまいたい気持ちの方が勝《まさ》ったのだろう。

「どうせ発情したらどんな男でも咥《くわ》え込みたくなるさ。だいたいおまえは——」

そこでキレて電話をぶち切ったので、その後にどんな暴言が控えていたのかは知らない。

——いずれ訪れる、避けられない変化。

（成熟したらこの体はどう変わってしまうんだろう…）

考えるほどに募る不安と恐怖。ヒートを迎え「変化《メタモルフォーゼ》」したところで、それは体内レベルでの改変なので、見た目は何も変わらないのだと他人は言うけれど。

では心は？　気持ちにはどんな変化があるのだろうか。

もし成熟したら、医務室で受けたような行為を自ら望むようになってしまうとでも？

その欲求が本能に基づいていたとしたら、理性に太刀打《たちう》ちする術はあるのだろうか。祖母が言うように、誰でも構わないと思うほどに体が男を求めてしまうのだろうか。

（冗談じゃない…）

ソファーに寄りかかったまま、日夏は震える指先で両肩を抱き締めた。

発情が近くなると少しずつ体温が上がっていくのだと、話にはよく聞いていた。最近体が火照りやすくて、試しにと先日から測りはじめた体温は、僅かずつだが上昇の傾向を見せていた。

期限はすぐそこまで迫っている。

その日を迎えれば、この体は変わってしまうのだろう。日夏の意志とは関係なく。

（世界なんていますぐ終わっちまえ――…）

無力に打ちひしがれて眠る夜をこれでいくつ数えることになるのだろう。

サヤサヤという雨音が窓ガラスの向こうでひっきりなしに囁くのを聞きながら、日夏は疲れた体をソファーに沈めた。

6

水曜日も昼は快晴に恵まれ、空は一面真っ青だった。

(でも明日はまた雨か…)

ゆっくりとたなびく雲と雲の間に、白く走った一条の線が見える。飛行機雲は雨を呼ぶというから、きっと近いうちにまた天気が崩れるのだろう。恐らくは次の雨で、遅咲きの桜もほとんどが花弁を散らしてしまうはずだ。

風が淡い朱を運ぶ様も、今日が見納めかもしれない。そんな名残《なごり》惜しさを胸に、日夏は宙を舞っていた花弁をひとひら手中に収めた。そっと開いた掌に息衝《いきづ》く、終わりかけの春。それを吹いてまた空に飛ばすと、日夏は眩しい陽光を片手で遮りながら空を仰いだ。

(タイムリミットまであと五日)

悩んだところでいまさら名案が降ってくるわけもなく、日夏の胸中にはあれからずっと黒雲が停滞している。祖母の譲歩を呑む気もないし、どんな相手を連れてこられようと折れる気もない。たいがいの相手なら能力を使って、指一本触れさせずに撃退する自信があった。

(一昨日《おととい》まではね…)

いま思えば自惚《うぬぼ》れていたのだ、自分の能力に。けれど一尉に負けてからはその自信もすべて崩れ落ちてしまった。失って初めて、その自信が唯一の拠りどころになっていたことを知る。

自分から能力を取ったら、何が残るだろうか。名家の直系を継いだ血？　母親譲りの顔？　他性の機能をも具えた体？　祖母にさんざん罵られたこの能力だって、本当はずっといらないと思っていた。でもこの力がなかったら、自分はそれこそ何一つ取り柄のないモノに成り下がってしまうのだ。ヒトにも魔族にもなりきれない、中途半端な存在に。

能力にだけは自信があったから――。

だから日夏はあの家にいても真っ直ぐに前を向いていられたのだ。何を言われても、何を笑われても、何を嘲られても、心が折れることなんてなかった。負けるものかと、屈して堪るかと、そう闘争心を燃やせた心の根底には、いつだって己の力に対する自負《じふ》があったのだ。だがいまとなってはなぜそんなにも一途に、自分の能力を信じていられたのかよく解らない。

連戦連勝の気でいた。この先もそれはずっと変わらないと思っていた。その根拠がどこにもないことを、日夏はあの日まで気づいてもいなかった。

(あんなふうに容易く折れるモンが自分の芯だったなんてな…)

なんだかもう、すべてがどうでもいい気分だった。世界は終わらないし、時は止まらない。その真ん中でどんなに抵抗しようが、流れていくものは変えられないのだ。

流されて得るものに価値などないと、そう胸を張れた自分がいまは無性《むしょう》に羨ましく思えた。

ふと古閑が口にしていた馬鹿な提案を思い出す。

（それも悪くねーかもな…）

見知らぬ男のもとに嫁がされるぐらいなら、古閑相手にママゴトめいた結婚をする方が何万倍もマシだ。古閑なら自分の力が通用するのも解っているし、何より知らない相手ではない。

いずれ子供を作らねばならないとしても、古閑相手に脚を開く想像の方がまだ現実的に思えた。祖母にとっても『古閑』の血筋とパイプラインを築けるチャンスとなるのだから、反対する理由はないはずだ。もしあと五日経ってもこの暗雲を払う風が吹かなかったら、そのカードを使うのもアリかもしれない——。

背後から知った気配が近づいてくるのを察して、日夏はゆっくり首を巡らせた。

「授業ボイコットでまたペナルティだよ」

「そっちも同じ立場だろ？」

チョコレート色の髪が風に散るのを片手で宥《なだ》めながら、隙なく着こなされた制服がこちらへと近づいてくる。強風に細められた双眸の隙間から、深い藍色の眼差しが薄く覗いていた。

フェンスを背に立っていた日夏の、少し手前で一尉が足を止める。

「きてくれるとは思わなかったよ」

風で流されがちだった声がようやくクリアに耳元まで届いた。

「俺も、自分がくるとは思わなかった」

正直なところを告げると、一尉が穏やかな笑みを口元に刻んだ。この間の感傷など欠片も見あたらない、それは凪《な》いだ表情だった。

「きてくれてよかったよ。もう一度ちゃんと謝りたくて……——本当にごめん」

「ゴメンで済んだら警察いらねー。後でもっかい殴らせろ」

一尉の唇の端には、日夏の殴った跡がまだ鮮やかに残っている。

親戚連中には昨日、この傷を何と説明したのだろうか。今日の朝の時点で、学院でもすでに一尉の傷は噂の的《まと》になっていた。あの優等生がらしくない傷を負っている、と。一昨日のテラスでの騒動もすでに知れわたっていたので、あれは日夏の仕業《しわざ》だろうという真実をついた憶測《おくそく》も飛び交っていたが、本当の経緯《いきさつ》を知る者はいない。自分たち二人以外には。

「殴って気が済むんなら、いくらでもこの身を差し出すけどね」

腫れて赤味を帯びた口元が、さっきよりも少しだけ愉快そうにその口角を引き上げた。

「あっそ。じゃあそのうち、お言葉に甘えさせてもらうよ」

「いつでもどうぞ」

憎らしいほど優等生の笑顔を浮かべて、一尉が軽く請け合う。

(——この顔を前にして、こんなに平静な気持ちでいられるとはね)

それは自分でも少し意外だった。確かにずいぶんな屈辱を味わわされたが、それを招いたのは他ならぬ自分自身の驕《おご》りだったから。それに気づいてからは一尉ばかりを責める気にもなれず、この場所にもけっきょく足を向けてしまった——もちろん隙あらばもう三発ぐらい殴ってやりたいのも、本音ではあったけれど。

(ま、この場では忘れといてやるよ)

一尉からの直接の謝罪を受けて、とりあえず胸のつかえが一つは減ったような気がした。

それにしても三限がはじまって久しいこの時刻を指定してきたということは、人目を避けて話したいことがあったからだろう。そしてそれにはまだ続きがあるはずだ――。ペタンとその場に座り込んで両脚をだらしなくコンクリートに投げ出すと、日夏はフェンスの土台に背凭れながら「おまえも座れば?」と、試しに促してみた。

「それだけじゃないんだろ、話」

下手な鎌かけだ、と我ながら思う。向こうには話なんてないのかもしれない。謝罪だけしてさっさと帰るつもりだったのかもしれない。でも、だったら帰る前に一言でいいから聞かせて欲しかった。最初からずっと自分に向けられていた「興味」の矛先を。医務室での「眼差し」の意味を。

(俺の『何』がおまえに羨望を抱かせたってわけ――?)

「――…」

一尉が無言で日夏の左側に腰を下ろした。片足だけを伸ばして、曲げた膝に肘を乗せて頬杖をつく。その眼差しがどこに向けられているのか、日夏には判らない。ただ何となく、いまあの瞳にはまたあの諦念や感傷《かんしょう》が浮かんでいるのではないかという気がした。

絶えず聞こえる風の音にしばし、二人で耳を傾ける。

「俺はさ、長いものに巻かれたらそれで終わりなんだと思ってた」

ふと口をつくように、気がついたらそんな思いが言葉になっていた。

あの家の至るところで渦を巻いていた権勢や欲望、こちらの足をすくおうとあちこちに張り巡らされていた数々の罠、それらに囚われてなるものかと日夏はずっと立ち向かってきた。そこでからめとられたらすべてが終わると思っていたから。それこそが敗北であるとずっと信じていたから。

「それはある意味、真理だよ」

一尉の柔らかい声が、風に乗って鼓膜《こまく》を震わせた。

「でも俺の場合は逆だな。巻かれてもそれを利用できれば、こっちの勝ちだと思ってた。それで失うものがあってもどうせ取るに足りないものだと思ってたから——君に会うまでは」

「え……？」

慌てて横を見ると、涼しげな気配を湛えた双眸がそこで待っていた。

「君を見てて初めて思ったよ。俺は何か大切なものを見落としているのかもしれないって」

静謐な眼差しがゆっくりと、日夏の輪郭を辿るようにして落ちていく。投げ出していた手元まで辿った視線が、ふいに持ち上がって真っ直ぐに日夏の瞳孔《どうこう》を射た。

「古閑から俺の話、リークしてもらったんだっけ？　なら、話は早いよ」

前に向き直った瞳が、今度はどこか遠いところへと据えられる。

ここではないどこかへと——。

「俺の場合、物心ついてからー番最初の記憶ってのが互いに子供を押しつけ合う両親の姿なんだよね。そのうち両家の間で協定でも決まったのか、俺は半年ごとに『吉嶺』と『佐倉』の家を往き来するようになったよ。『吉嶺』ではライカンの青い目を疎まれ、『佐倉』ではウィッチに似た髪色を疎まれ、覚醒が遅いといっては両方の家で罵倒された」

「…………」

「なんでこんな不幸の狭間《はざま》に生まれ落ちたんだろうって、覚醒するまではずっと思ってたよ。けど覚醒した途端、その全員が掌を返した。ああこういうことなのか、って思ったね。覚醒後も裏では、『薄汚いこそ泥のような力だ』って陰口叩かれてたのも知ってるけど、そういうヤツらも表では俺の機嫌を窺うことしかできないんだ。ならこれを利用して上にいってやろうって。どこまでいけるのか、試してみようって思ったんだよ——それだけでここまできた」

「……すげーな」

「そう感心することでもないよ。使いどころと計算さえ間違わなければ、どんなカードだって切り札になりうるからね。こういう言葉を知ってる？　『人は運命が配るカードを選べはしないが、そのカードを使ってどう勝つかは自分次第だ』って。俺が好きな言葉なんだけどね。だから勝てばいいんだと思ってた。どんな手を使っても、最後に笑うのが自分ならそれでいいんだと思ってた」

勝つためなら手段を厭わない、とそう告げる表情があまりに静かで、日夏は無言でその横顔を見つめた。潔癖《けっぺき》な、子供みたいな横顔だと思った。

一尉を衝き動かす原動力——それは権力や名声を得たいという、上昇志向ではないのだろう。自分を取り巻く汚濁《おだく》を放置できない潔癖さから、それを呑み込み、身の内に取り込むことを選んだのではないだろうか。「吉嶺一尉」という優等生像を作り上げることで、そのすべてを昇華してしまおうとして——。

(孤独な道程だな…)

傍《はた》から見ている者には、その足下にどれだけの犠牲や徒労《とろう》がひしめいているのかは見ることができない。一尉の背負う経歴が、眩し過ぎて。

「最初に興味を持ったのは、君があまりに生きにくそうに見えたからだよ。家にも学校にもいちいち反発して、なんて要領が悪いんだろうと思った。自ら足場を悪くする必要がどこにあるって」

「……まあね」

そう言われると返す言葉がない。自分でもその効率の悪さはずっと感じていたのだ。動けば動くほど、立ち回れば立ち回るほどに、狭くなっていく足場。消えていく逃げ場。考えなしにジャンプするから、すぐに次の足場を見失ってしまうのだ。そう、ちょうどいまみたいに。

「でも俺は誰かの言いなりになるなんて許せないし、俺にはそれこそが敗北だから——」

「その姿勢を崩してみたい衝動に駆られたんだ」

苦く笑った眼差しがまたこちらの方へと向けられる。

(あ……)

そこでようやく、日夏は自分が一尉の横顔を見つめ続けていたことに気がついた。

藍色の静謐さに囚われたように、視線が外せなくなる。

「君の家のこともけっこう有名だからね。あんな目に遭っていて、どうしていつまでもそんな真っ直ぐな目を持っていられるんだろうって、不思議でしょうがなかった。あの眼差しを汚したらどうなるんだろうって、思ったんだよ」

「それでアレかよ……？」

「なのに汚れなかったね、君は。――初めて負けた気がしたよ」

「……そんなの」

思いもよらない言葉にしばし言葉を失う。あの瞳の意味はそういう意味だったのか。

（つーか、そんなとこで勝手に負けられても困るっつーの…）

そもそも、完膚《かんぷ》なきまでに負けたのはこちらの方だ。衆人環視《しゅうじんかんし》の前で叩きのめされ、さらに藪《やぶ》をついて蛇を出し……言うなれば自業自得だ。こうしているいまも、苦い思いが込み上げてくる。

世界を変えられると信じていた自分はもういないから。

自分がこれまでやってきたことがすべて間違いだとは思わないけれど、でも正しくもなかったのだろう。何が正しいか、最初から解っていたら楽なのに。

そうしたらこんな思いも、苦労も、しなくて済んだのに。

（俺も、こいつも――…）

俯《うつむ》けた視線で日夏はじっと自分の記章を見つめた。ビショップの「B」が以前までの輝きを失い、乾いた何かの残骸《ざんがい》のようにそこに貼りついている。言うなれば、これはプライドの残骸か。

自尊心を盾《たて》にしなければ生きてこられなかった。その裏に隠した弱さを誰にも見られたくなくて、ずっと強がってここまでやってきたのだ。

誰かに屈してまで欲しいものなんて一つもない、そう思って生きてきた。

でも誰にも屈さなくていいのなら、欲しいものだっていっぱいあった。そのほとんどを諦めてきたのだ。いまさら取る道が違っていたと言われても、引き返すことなんてできないのに――。

「今日はあまり元気ないね。君の取り柄は口の悪さと、向こうっ気の強さだと思ってたけど」

言葉少なな自分を気遣うように、一尉が俯いていたこちらの顔を覗き込んでくる。

湿っていた話題を明るい方へと誘導するつもりだったのだろう。だが残念ながら、いまの自分にそんなバイタリティはない。期待されても返せない。

「……誰だって晴れの日ばかりじゃないだろ」

「そっか、曇ってるんだ今日は」

「――そうだよ。おまえに負けてからずっと……、ずっと曇ってんだよ…」

(こんなの、ただの八つ当たりだ)

そう頭では解っているのに出てくる言葉が止まらなかった。

自分の中でずっと燻《くすぶ》っていたものに、火が点いてしまったような感じがした。

「もうすぐ誕生日だってきちまうし、ババアは俺の言うことなんか聞いちゃいねーし、俺の唯一の武器だった能力だって大した価値もねーって解ったし……晴れる見込みなんかねーんだよ…ッ」

一気に吐き出すと、途端に荒くなった呼吸が胸を支配した。

息がうまく吸えなくて目を瞑る。刹那。

「じゃあ一回、雨にしなよ」

（え——？）

急に視界が暗くなった——と思った時にはもう、左側から伸びた腕に抱き込まれていた。

後頭部に回された掌が、日夏の額を制服の胸に押しつける。

「雨……？」

「さっきからずっと泣きそうな顔してるって、知ってた？」

「う、そだ…」

「嘘じゃないよ。見てられないぐらい」

言いながら軽く頭を撫でられる。まるで子供を宥めるようなその手つきに、気づいたら目頭《めがしら》が熱くなっていた。

（ダメだ…）

揺り動かされそうな気持ちを、日夏は唇を嚙み締めて堪えた。

優しくされると崩れそうになる——いままで積み上げてきたすべてが、跡形もなく消えてしまいそうで怖かった。

(ずっと我慢してたのに…)

泣いたらそこで何かが終わってしまう気がしたから。だから極力、涙は零さないように生きてきた。たまに布団の中で泣くこともあったけど、人前で泣いたのは母親が死んだ時が最後だ。あれ以来、必死に堪えてきたのだ。コップの縁すりきりのところで、ずっと揺れていた思い。

その気持ちに緩やかな波紋を落としたのは、一尉のささやかな一言だった。

「ずっと一人で頑張ってきたんだね、偉《えら》いよ」

「——……っ」

途端に波打った水面の端から、心が溢れていく。

決壊した涙が、熱く頬を濡らしていた。

「ひ…っ、ぅ……っく…」

不自然な形で傾けられていた体を、一尉の首に自ら腕を回すことで自然な体勢に変える。子供のように小さく嗚咽しながら涙を零す日夏の背を、回された一尉の両腕が包み込んだ。

「俺は君の真っ直ぐさが羨ましかったよ」

「…っ、く…ぅ…」

「俺にはないその白さが眩しくて、妬《ねた》ましかった」

一尉の静かな本音がよけいに目の裏を熱くさせる。

(そんなのお互いさまだ……)

自分には何かを捨ててまで、欲しいものを手に入れようと思える強さがなかった。本当は欲しいものだらけだったのに、そのどれも全部先に諦めて「いらない」と突っぱねることが自分にできた唯一の強がりだった。一尉のような生き方を選べる強さが、本心では羨ましかった。

溢れる涙が止まらなくて、硬い胸に額を押しつけながら何度もしゃくり上げる。そのたびに一尉の掌が優しく背中を摩ってくれた。

(——本当はこんなふうに、誰かに抱き締めて欲しかったんだ…ずっと……)

でもそれを認めるわけにはいかなかった。抱き締めてくれる「誰か」が一人もいないことを思い知る方が辛かったから。泣いたら終わりだと思っていたけれど、それすら泣けないことへの言い訳だったのかもしれない、と初めて気づいた。頑《かたく》なに張り詰めて、あちこちで尖って、自分の体すら傷つけていた気持ちが少しずつ流れ出ていくような気がした。

(誰かの温もりがこんなに気持ちいいなんて知らなかった…)

どれぐらいの時間が経ったのか。涙が止まってしばらくしても、日夏はまだ一尉の腕の中にいた。子供のように腕を回して一尉の胸に縋りながら、閉じた瞼をブレザーの肩口に押しつける。自分のものではない鼓動が、こんなにも近くで聞こえるのが不思議だった。

(……あたり前だけど、こいつも生きてるんだな)

整い過ぎた顔立ち、類を見ないほど希少な能力、輝かしい経歴とそれを演出できるだけの才覚、ま

るでき過ぎた人形みたいな「優等生」だけれど、こんなふうにきちんと呼吸をする生物なのだとようやく知れた気がして、日夏はなぜか嬉しかった。

風に紛れて、一尉の溜め息がふと耳元を掠める。

（——つーか何やってんだかな、俺ら…）

急に正気に返った気がして、日夏は首に回していた両腕をゆっくり解いた。罰《ばつ》が悪くて目は合わせられない。子供の時に何度も味わったような居心地の悪さがあった。

（もう何年もこんな感覚忘れてたな…）

「少しは気が済んだ？」

「ん…、済んだのがなんか悔しい感じだけど…」

「泣くと少し気分が変わるよね。涙にはストレス物質を体外に排出する役目があるから」

「フウン…」

（なんだ、泣いた方が建設的なんじゃん……）

弱音とともに流した涙の分だけ、体が軽くなったような気がする。気づいたら一歩だけ前に進んだような気持ちになっていた。泣ける強さとはこういうことを指すのかもしれない、と思う。泣かない強がりしか知らなかった日夏には、妙に新鮮な感覚があった。

知らなかったことばかりだ——一尉についても、自分についても。

「……ちなみにこれを盾に取って脅迫しようとか考えんなよ？」

照れくさくて仕方ない気分をわざと憎まれ口で誤魔化《ごまか》しながら、上目遣《うわめづか》いにちらりと一尉を見やる。目が合うと凪いだ穏やかさに、少しだけ揶揄《やゆ》の色を混ぜて一尉が笑った。

「君じゃないんだからしないよ、そんなこと」

「あっそ」

ちょうど三限終了のチャイムが聞こえた。それを潮《しお》に立ち上がる。

「愚痴《ぐち》って悪かったな、ごめん」

さすがに気まずくて背中を向けたまま謝ると、「べつにいいよ」と、背後で笑う気配がした。

「俺でよければ、いくらでも聞くから」

確かにあんな涙を晒してしまった後では、秘めていた愚痴の五つや六つ、平気で言えるような気もした。いつか機会があったら幼少時の思い出や、お互いの選んだ道について語り合うのも悪くないと思った。それはそれで身になりそうな気がしたから。

古閑の言っていた言葉の意味も、いまなら解る。

似たような境遇に置かれながら、その逆境に対して選んだ手段がまったくの正反対だったというわけだ。もしかしたら自分が歩んでいたかもしれない道程の可能性を、互いの中に見ていたのだろう。

一尉の言う通り、一度泣いたからか気分はずいぶん一新していた。

世界は終わらないし、時も止まらないけれど——これから流れる時間をどう使うかは自分次第だ。

(まだ、あと五日あるじゃねーか)

沸々と湧き上がってくる自信が、全身に血を巡らせているような気がした。

動かないよりは動いた方が、足掻《あが》かないよりは足掻いた方がいい。蹴った地面が最後の足場だったとしても、ここから飛ばないよりははるかにマシ。

（そうだ、これが俺のテンション――）

忘れかけていたものを取り戻して、日夏はグッと拳を握り込んだ。飛び立つ心の準備はできたから、後はどこに向けて飛ぶかだけだ。そう心に決めたら、妙に青空が広々として見えた。

「ま、いざとなったら古閑んトコに行けばいーんだもんな」

「――古閑と？」

「そう。それもアリかなぁってさっき考えて……あ…」

「え？」

「ちょっとヤバイ、かも…」

急激な立ち眩みに襲われて、日夏はフェンスに片手をつくと全身を支えた。ぐるりと回りそうになった視界を目を瞑ることで落ち着かせる。

「大丈夫？」

微熱のせいなのか、今日は朝から足元が覚束《おぼつか》なかった。立ち上がった一尉が日夏の背に手を添え、背後から顔色を窺う。

「んー……平気……何でも、ない…」

「でも青褪めてるよ」

「初めてのヒートが、もうすぐ……たぶん、そのせい……」

「ああ、そうか」

うっかり動くと吐き気まで催《もよお》しそうで、日夏は目を閉じたまま治まらない眩暈をどうにか堪えた。

キーンという耳鳴りが周囲の音を急速に呑み込んでいく。

「————…する？」

「え？」

一尉の言葉が聞き取れなくて、日夏は思わず聞き返した。薄く開いた瞼の隙間から、一尉の口元だけが見える。その唇がもう一度紡いだ言葉を、一区切りずつ脳内に構築して。

「え————？」

日夏は思わず目を見開いた。唇を読み間違えたかと思うも、読唇《どくしん》が正しかったことを三度目の台詞が音声で伝えてくれる。

「もし俺がプロポーズしたら、君はどうする？」

「何、言って…」

「そういうカードもあるってことだよ」

啞然《あぜん》と黙り込んだ日夏の前髪を、一尉の手が掻き上げる。必然的にクリアになった視界に、藍色の双眸が真摯《しんし》な色を浮かべているのが見えた。

「マジで、言ってる？」

「かなりマジだよ。俺を選ぶ利点としては、うるさい親戚連中を黙らせてあげられることかな」

確かに関東で勢力を誇る『吉嶺』を取り込めば、兵庫《ひょうご》の本家は東京の『椎名』のテリトリーにだいぶ食い込むことができるだろう。一尉にプロポーズされた、と言ったらあの祖母も目を剥くに違いない。なにしろいま一番「花婿」として各界に求められている人材だ。エリート中のエリートを射止めたと知ったら、親戚全員がひっくり返るのも必至だ。それは胸の空《あ》く光景だった。

「後はウィッチのテクとライカンの精力で、ベッドでは腰砕けにさせてあげられるけど」

「……それは遠慮したいけど」

自分が陰で「あの鬼姫を誰が娶《めと》るのか」と、言われていることも知っている。魔族界に提供する話題としても、かなりセンセーショナルだろう。

「ちょっと、面白いかもしんねーな」

とは思う。だがあくまでもそれは想像のうえでは、だ。

（それって、俺がこいつに娶られる、ってことだよな？　――でも娶られるって何だっけ？）

想像の時点でもすでに、この展開についていけていない自分を感じる。唐突な提案に瞬きをくり返す日夏をよそに、一尉は「どうかな？」と軽く首を傾げて笑った。

「本気だから、考えてみてよ」

そんな囁きを最後に、隙のない制服がくるりと踵を返すのを振り返って見送る。あまりに突然な展開に、眩暈までが驚きでどこかへ飛び去った気分だ。

「――まあ、冗談としては及第点…？」

一尉の背中が見えなくなってから、ようやく日夏はフェンスに掛けたままだった手を外した。冗談にしてはやけに真剣な顔をしていたけれど……いやいやいや。

（ありえねー話だよな？）

返る答えのない問いかけを胸に、日夏はしばし一人きりの屋上で風に身を晒した。


からかわれただけだ、そうに決まってる――。昼休みを過ぎた頃にはそう高を括《くく》っていた日夏に一尉の緩やかなアプローチがはじまったのは、その日の放課後からだった。

一緒に帰ろう、と教室まで迎えにきた一尉に思わず言葉を失う。

「……へ？」

「だから一緒に帰りたいと思って、誘いにきたんだけど」

このやり取りだけですでに三回目である。壊れたおもちゃのように反問ばかりを繰り返す日夏にさほど呆れたふうもなく、日夏の濃緑色の瞳がこれ以上ないほど見開かれながらパチパチと瞬くのを、一尉は何かのショーでも見ているかのように楽しそうに眺めていた。

「可愛いね、そういう顔すると」

「……可愛いって言うな」

禁句を言われてようやく反問以外の言葉が舌に乗る。どうやらそれを狙っての発言だったらしく、それ以上言及することもなく、一尉は「どうする？」と瞳を弛《たゆ》ませた。

「いまならもれなく、お茶でも奢《おご》るけど」

「いく」

自分の現金な性格までもすっかり把握《はあく》されているらしい。

日夏の予定としては月末の恒例バトルロイヤルの前に、もう一回ぐらいエントリーバトルで小遣い稼ぎをする心積もりでいたのだが、日夏の「体調不良」を理由に八重樫に却下されたのが今朝《けさ》のことだ。日に数度眩暈に襲われる程度なので、本人的にはそこまで体調が悪いという自覚はないのだが、どうも目に見えて顔色が悪いらしい。隼人にはその様子を「生理の重い女の子みたいだね」と例えられたので、思いきり足を踏みつけておいたが。

一昨日のタクシー代やその他、食事代などですでに財布の中味は乏《とぼ》しかった。奢りの提案を何も無碍に断る理由はないはずだ。

「あ、古閑たちも誘う？」

手早く身支度をまとめたところで、日夏は扉口で待っていた一尉の顔を覗き込んだ。クラスメイトでもある古閑は、もうＳＨＲ《ショートホームルーム》まで終わったというのにまだ六限の選択授業から戻ってきていない。同じ授業を取っている八重樫と隼人にしても、同様にまだ15Ｒには戻っていないだろう。

「ちょっと待てばすぐ帰ってくると思うけど」

「俺はどっちでも構わないよ。君が二人きりになるのを避けたいんなら止めないし」

（ん……？）

微妙に意味深な発言に眉を寄せながらも、日夏はクルル…と胃袋が訴える空腹のサインに気を取られてしまった。どうもいまはこれが最優先事項のような気がしてならない。

「奢ってくれんのってメシでもあり？」

「いいよ。何がいい？」

「中華！　テーブル回るヤツ」

無意味なピースサインとともに繰り出されたリクエストに、一尉が少しだけ微妙な表情を浮かべた。

「いいけど――、この時間から二人で中華？」

一尉の戸惑いも道理だろう。時刻はまだ十五時半を少し回ったところだ。日夏の場合、昼にどんなに食べようが午後の授業で魔力を使うと即カロリーとして消費されてしまうのか、放課後には空腹で倒れそうになっていることが多々あった。同じように授業をこなしているクラスメイトに聞いても同意を得られた例はないので、これももしかしたらハイブリッドの弊害では…と勝手に思っているのだが、八重樫曰く「たんに食い意地が張ってるだけだろ？」とのことである。

今日は特に二コマ続けての能力実技が午後に入っていたので、魔力の消費が激しい。

「ガッツリ食うったら、やっぱ中華でしょ！」

「フウン、燃費悪いって噂も本当なんだ」

「うん、超悪い。泣けてくる」

「分かった。好きなだけ食べていいよ」

（よっしゃ、金蔓《かねづる》ゲット！）

日夏は鼻唄交じりに一尉の後について教室を出た。

ここ数日、学院の話題を賑《にぎ》わせているツーショットに周囲の視線も痛かったが、なにかと注目を受けるのには慣れている。人目の多い放課後にこんな所業に出れば、これぐらいの注視を浴びることは向こうも解っていたはずだ。もしくはそれも計算の内なのか。プロポーズにしろ、この行動にしろ。

（——さて、どういうつもりなのかね）

古閑以上に表情の読めない男だ。

突拍子《とっぴょうし》のない行動にさっきはつい呆気に取られてしまったが、これは真意を探るには絶好の機会だった。こちらをからかっているだけならこんな目立つ行動には出ないはずだ。学院での動きなどすぐに家の方にも知れる。人の口には戸が立てられないから——という以上に、無類の噂好き《ゴシップ》きが多い魔族だ。それこそ光の速さで情報が疾る。もしも冗談でここまでするとしたらよほどの物好きかバカのどちらかだが、一尉はそのどちらでもないだろう。なら必ず裏に「何か」があるはずだ。それを知らないことにはこちらも手の打ちようがない。

「ちなみに奢ったからヤラせろとかってねーよな？」

「ないよ。そこは信用して欲しいね」

ジャブに対してさらりとそんなことを言ってのける一尉に、日夏は続けて牽制球を投げた。

「言っとくけどおまえ、信用ないからね？」

「知ってるよ。だからその信用を勝ち取ろうと思っての行動なんだけど」

「……あっそう」

（ダメだ、煙《けむ》に巻かれちまうな…）

この辺はキャリアや資質の差だろうか。八重樫のように策を巡らすタイプや古閑のように薄笑いで周囲を欺《あざむ》くタイプにとっては、こういう迷宮《めいきゅう》入りの会話は十八番《おはこ》なのだろうが、やはり自分には向いていない。学校を出て駅へと続く坂道を下りながら、他愛ない話が途切れたところで、日夏は並んで歩いていたブレザーの裾をつかんだ。

「なあ、裏からいかねー？」

直球を投げるにはやはり人目が気になる。どのみち日夏が指定した店は駅の反対側だ。こちらから回っていく方が近道にもなる。坂道を途中で左折してからしばらくすると、グロリアの制服群が視界から消えた。それを注意深く確認してから。

「で、なんで俺なわけ？」

日夏はど真ん中にストライクを放ってみた。

閑静な住宅街に入ったおかげで、自分の声がやけに大きく聞こえる。自分の投げかけた言葉が、いったいどんな波紋を呼ぶか。日夏はじっと一尉の横顔に視線を注いだ。

「そうだな、なんで君なんだと思う？」

「――質問に質問で返すなよ。先に訊いたのは俺だ」

話を混ぜ返そうとする意図を眇めた視線で拒絶すると、「ああうん、ソレかな」と、一尉が急に子供のようなあどけなさで破顔《はがん》してみせた。

「ソレ？」

「そういうところが好きなのかなって」

「……好き？」

「うん。そういう真っ直ぐなところになぜか惹かれるんだよね。自分でもよく解らないけど。君を欲しいと思ったんだよ、理屈でなくね。それじゃダメかな？」

（また、煙に巻く気か？）

疑心の眼差しで一尉の横顔を観察していると、双眸が前触れなくこちらに向けられた。

どこまでも透き通った湖《みずうみ》のように澄んだ瞳。見ていると吸い込まれそうな気がして、日夏は慌てて外した視線を自分の足元に据えた。

「そういう嘘はいらねーよ。本音があんならそれを聞かせろ」

裏がないはずがないのだ。引く手数多の一尉が自分を選ぶ理由なんて、政治的理由以外には思いつかなかった。『椎名』と繋がることでステップアップを画策しているのなら、それはそれで構わない。

ただその魂胆だけは明かしておいて欲しかった。信頼を得たいというのであれば。

「――本当に信用ないんだね。いっそ清々しいや」

その場で足を止め、オーバーアクションで肩を竦める一尉に日夏は思わず苛立った声を投げた。

「だから冗談は…！」

「本気だって言ったよね？」

あくまでも静穏《せいおん》な、けれどその裏に微かな憤りを含ませたような声に顔を上げる。予想よりもすぐそばに一尉の整った顔があって、日夏は知らず息を呑んだ。

涙ボクロが間近に見える距離で藍色の瞬きをゆっくり三度、数える。

「本気って…」

「君が欲しくてしょうがない。それだけだよ」

(欲しい……？　俺を？)

「ただ好きなだけなんだけどね。それを信じてもらえないのはけっこう辛いな」

でも自業自得だから仕方ないか、と独りごちた一尉が目を逸らす。歩きはじめた一尉について、日夏ものろのろとした歩みを再開した。

(好き、って……)

かつて自分を好きだと言ってくれた相手が一人だけいた。日夏も彼のことが好きだった。

いま思えば幼い感情だったから、それが恋に発展した可能性がどれぐらいあったのかは知らない。

でも「この気持ちが恋なのかもしれない」と頭のどこかでは漠然と思っていた。けっきょくその関係は進展することなく、消滅してしまったけれど。あれ以来、自分には恋愛なんてモノは過ぎた代物なのだと思うようになった。自分には許されないものなのだ、と。

結婚相手さえ自由にならず、子供すら誰かの思惑で産むような人生のレールが目の前に敷かれているのを知っていたから。何度脱線しようとしても、気づくといつもその上に乗せられている。結婚という目的地へ向かう同乗者を選ぶ観点は、妥協以外にありえないと思っていた。

（好きって…それって恋愛感情でってこと？）

まさか。即座に否定する自分の意識を、一尉の無言の背中がさらに否定しているように見えた。否定の否定は肯定だ。だが急にそんなことを信じろと言われても無理がある。つい一昨日までは仇敵として認識していたのだから。

（でも――）

そう反目《はんもく》する思いが自分の中にあることに日夏は驚いた。

でも、もしもこの背中を信じていいのだとしたら。

いままで望んでも入れなかった部屋の鍵を手に入れられるような気がした。

（俺が恋愛しても許される――…？）

歩みの鈍い日夏を振り返って一尉が「ごめん、急ぎ過ぎた」と笑った。それが歩行速度についてなのか、話の展開についてなのかは解らなかったけれど。

それは日夏の中で、一尉に対する意識が静かに変容をはじめた瞬間だった。


食事の後は一尉の提案で、ぶらぶらと駅の周りを見て回った。

欲しいものがあったら買ってあげるよ、と言う一尉の言葉を受けて、日夏は小さなクロスのついたシルバーペンダントを一つ選んだ。もちろんその前に念を押すのは忘れなかったけれど。

「——これ買ってやったからヤラせろって…」

「言わないから安心していいよ」

その後わざわざ家まで送ってくれた一尉と、日夏はマンションの前で別れた。

（つーか、まるで放課後デートじゃん）

食事代も買い物代も向こう持ちで、一尉が免許と車を持っていたらオプションで夜のドライブまでついていたのではないだろうか。携帯番号もアドレスも交換したので、もしかしたらそろそろメールの一つでも…と思った瞬間にメールの着信音が鳴った。

『今日はありがとう。すごく楽しかった。明日の朝、そちらに迎えにいってもいい？』

「……完璧じゃん」

パーフェクトな優等生像のみならず、あいつは理想の彼氏像まで体現してみせる気なのか。

けっきょく一尉の真意についてはよく解らなかったけれど、とりあえず害はなさそうなのでこのまま様子を見てみることに決めた。ほんの数時間一緒にいただけだが、一尉の人となりが決して悪くないのはよく解った。いや、それどころかあの「理想の彼氏像」っぷりだ。

(このカードも本当にありかもしれない)

そう考えを改めるには充分な時間だった。

本家の連中の度肝《どぎも》を抜いてみたい日夏の野望を抜きにしたとしても、なぜか一尉と一緒にいると穏やかな気持ちになれる気がした。一昨日にはあんな目に遭わされているというのに、それすらも気持ちのうえではいまはもう終ったこととして完結している。

あんな涙を見られたからか。もしくは——。

(これもシンパシーなのかな?)

同じような境遇に置かれ、似たような光景を見てきたからこそ、あの藍色の眼差しに自分も惹かれているのかもしれないと思う。自分が取ることのなかった手段、その最終目的地には何があるのだろうか?　単純にそれを知りたいという好奇心もあった。

もっとあいつのことを知ってみたい。入り込めるものならあの瞳の深みを覗いてみたい。一尉に対して感じるこの引力は何なのだろうか?

この尽きない興味を何と呼ぶのかは解らないけれど、その行方を見守る期間はまだ少しある。

(タイムリミットまでは、あと四日)

諦めさえしなければ何か手段はあるはずだ。

日夏はこの日、久しぶりに夢も見ないでよく眠った。

——翌朝。

「おまえ見事に餌付《えづ》けされてるねー…」

部屋まで迎えにきた一尉に、「朝食代わりに」と玄関口で渡されたカフェオレとシナモンロールに小躍《こおど》りしていると、古閑の呆れたような声音が背後からかけられた。登校する意志がないことを一目で知らしめるくたびれた私服姿の古閑に、「今日も朝帰り?」と一尉が笑って声をかける。

「まーね。俺、人気者だから」

欠伸交じりの返事はいまさらだ。自分が半分ヒトだからか、魔族たちの精力旺盛さには本当に感心するものがある。よくもそれだけバイタリティがあるものだ。

「つーか、見つかんねーっ」

英語の教科書を探し回って部屋中をうろついていた日夏を、一尉はリビングの扉に背凭《せもた》れて待っていた。時間にはまだ余裕があるので、日夏もシナモンロールをパクつきながら部屋中のものをひっくり返して歩く。

「ここってけっこう中広いんだね。三人ぐらい余裕で住めそう」

「古閑なんかしょっちゅういねーから、俺ほとんど一人暮らし状態」

「フウン、今度泊まりにきてもいい?」

一尉がソファーに寝そべっていた古閑にわざわざ声をかける。それをどこか投げやりな視線で見返しながら、古閑がただでさえ細い目を糸のように狭《せば》めて笑った。

「そん時はどっちの部屋で寝る気だよ」

「それは気分次第じゃない？」

「おーっと。俺はおまえと乳《ちち》くり合う気はねーぞ？」

「奇遇だね、それは俺もだよ」

一尉と古閑との間に、不可視の電撃がパシッと散る。だが四つん這いで部屋中を引っ掻き回していた日夏には、その不穏な空気は届かなかった。

「悪いけどデバガメの趣味はないんでね、ヤるんなら三人でってことになりそうだけど？」

「へえ、ライカンの精力についてこれる気でいるんだ」

「男はテクだろ」

「その点についても負ける気はないんだけどね」

(やっぱ仲いいんだなぁ、こいつら……——何の話してんのかはよく解んねーけど)

ひんやりとした戦いが水面下で行われていることにはまるで気づかず、日夏はシナモンロールの最後の一口をカフェオレで押し流すと鞄《かばん》を手に取った。

「もういいや。メンドくせーから学校で八重樫か隼人に借りる」

「英語、何限？」

「三限」

「じゃあ、二限の休み時間に届けてあげるよ」

「まっじで？　吉嶺ってイイヤツー」

　とことん現金な日夏の台詞に苦笑しながら、一尉の視線がちらりと舐めるようにもう一度ソファーを窺った。日夏がその仕草に意味を見出す前に「一尉でいいよ」と優等生顔が笑う。

「俺も日夏って呼ばせてもらうから」

「あ、オッケー」

　呼称など大した意味はない。けれどほんの一瞬、ソファーの方から剣呑な気配を感じて日夏はタイを結びながら首を巡らせた。白いコットン地の座面で、古閑が怠惰に体を投げ出しながら床に片腕を落としているのが見える。

（気のせいか？）

　この時間の古閑が寝不足から不機嫌になりがちなのはいつものことだ。一秒後にはそんなことすっかり忘れて、日夏は一尉を伴って玄関に向かった。

「古閑、今日くんのー？」

「わっかんねー」

　自分よりもよっぽど問題児な出席率を誇る古閑に、学院側も朝からの登校は期待していないだろう。先に靴を履いた一尉が玄関を開けて待ってくれている間にローファーに爪先を入れる。

「日夏ー、後でメールすっから」

「了解。んじゃいてきまー」

「いてらー」

この呑気なやり取りを一尉が少し複雑そうな顔で見ていたことを、座面に転がる古閑の顔からすでに薄笑いが消えていたことを、日夏は知らないままマンションを後にした。


古閑からのメールが届いたのはちょうど昼休みの中頃だった。

昼も昼で教室まで迎えにきた一尉と、日夏はテラスで昼食の真っ最中だった。今日はどうやら隼人も八重樫も午後から登校する気らしく、まだ姿が見えない。一尉がいなかったら英語の教科書を借りるあてもなく、ランチタイムも寂しく一人だったかもしれないことを考えると、急にその存在にありがたみが増したような気がした。——というのは、我ながらあまりに現金な思考だが。

昨日の予測通り、天気が崩れた今日はいつもよりテラスが盛況《せいきょう》だった。普段は中庭のベンチや芝生《しばふ》を利用する生徒たちが、今日は屋根のある食堂やそこから繋がるこのテラスに流れているのだろう。

「おー？　夕飯奢るとか殊勝《しゅしょう》なこと言ってきてるよ。何あいつ、悪いモンでも食った？」

金に対しては日夏と同じぐらいがめつい古閑にしては、めずらしい誘いだ。

了解の旨と祖母サイドの動きについての探りを、手早く返信する。それを向かいで見ていた一尉が、ふ、と眉間に翳りを寄せた。

「君にとっての古閑って——どんな存在?」

「んー、親戚?」

「それ以上でも以下でもなく?」

「…って、言われてもなぁ」

難しげな顔でやけに突っ込んだ質問をしてくるものだ。

そう改めて聞かれると答えに迷うが、やはり一番正しい関係性はこれだろうか。

「親戚以上、親友未満……そんな感じかな。あいつについて、知らないこともけっこうあるし」

「でも婚約してもいいと思うぐらいには好き?」

「ああ、婚約ね。うん、まあしてもいいぐらいには好きかもなぁ…」

「フウン」

納得したのかしていないのか。どこか気抜けしたような返事からは窺えないが、一尉は日夏の手にしていた携帯に視線を留めると、今度は伏せた睫毛に憂いを載せた。

「古閑に対しては一番心を開いてるように見えるけど」

「ま、それはあるかもな。親戚だから『お家事情』にも詳しいし、その方面では頼りにしてる」

事実、抜き打ち見合いに関しての情報などはいつも古閑からリークしてもらっている。おかげでそのほとんどに引っかからず、日夏はいまもフリーでいられるのだ。

(ま、四日後には分かんねーけど…)

その辺りのことも含めて、古閑とは一度話をしたいと思っていたのでこれはいいタイミングだ。間をおかずに鳴った携帯が古閑からの返信を知らせる。『作戦会議よろ★』と題し、祖母の手口について思いあたる節がないか送った日夏のメールに対し、古閑が返してきた内容はたった一言だった。

『大事な話がある』

タイトルは無題だ。話があるのはこちらも山々なのだが、どうもそれとは色合いを異にしているようで、日夏はほんの僅かだけ眉を顰めた。

（まあ、いけば解るか）

「つーことで、帰りはお一人でどうぞ？」

昨日の放課後お出迎えにはじまり、朝の同伴《どうはん》登校、教科書の貸し借り、お昼の誘いとずっと目立つこのツーショットでいるので、校内の話題的にもここらで一度離れるのは悪くないだろう。いまも終始、あちこちから視線を引いているのが判る。探られて痛い腹もないが、さすがにここまで注目され通しなのは精神的に落ち着かなかった。

「解った。明日の朝はちょっと迎えにいけないんだけど、ごめんね」

「や、べつに？　つーかなんでそんな躍起《やっき》になるわけ」

「これでも必死なんだよ。早く君の信頼と、あわよくば好意を勝ち取りたいわけだからね」

「好意ねぇ…」

言いながら日夏は携帯を置き、代わりに持ったフォークを宙に泳がせた。

　このところの微熱で、食欲は急激なアップダウンをくり返している。昨夜と今朝と食欲があった分、どうも昼食にはあまり食指が動かなかった。皿に残った食材をぼんやり眺めていると、おもむろに向かいから伸びてきたフォークがブロッコリーをすべて攫ってゆく。その代わりのように日夏の好きなプチトマトが二つ、一尉の皿から移動してきた。

「――よく見てるな」

「好き嫌いは推奨しないけどね。具合が悪い時は無理するもんじゃないし」

　日夏の顔色もきちんと読んでいたのだろう。食事が終わると、懐から出した小さなプラスチック容器を一尉がコトンとテーブルの上に並べた。

「ハイ。さっき医務室でもらってきたよ。市販薬じゃヒート時の体調不良には効かないから」

（本当によく見てるな）

　朝、学校に着いてから服んだ薬が最後の錠剤《じょうざい》だった。ヒトの血が半分入っているおかげで、通常の不調程度なら市販の薬でも充分効いてくれるのだが、今回の症状には確かにあまり合っていなかった。持参したペットボトルでウィッチ特製だという青い錠剤を飲み下すと、日夏はしばしテーブルに顔を伏せた。

　二限辺りからこめかみの裏でずっとささやかな主張をくり返していた偏頭痛《へんずつう》が、水に溶けるようにすーっと消えていくのを感じる。その頃合を見計らったように、一尉が口を開いた。

「ところで月末のお見合いはどんな首尾《しゅび》？」

「首尾も何もいく気ねーし。つーかもう出回ってんだ、そんな話?」

「『椎名』本家の話は周りも興味あるからね。君の挙動は注目の的だよ」

その注目の的にさらに粉をかけている一尉は、はたして周囲にはどんな評価を下されているのだろうか。恐らく表でも裏でも名誉なことは囁かれていないはずだ。日夏が解らないのはそこだった。

ここまで鉄壁の「看板」を誇ってきた一尉が、なぜ自らそんな疵を背負い込もうというのか。

やはり裏があるのか、それとも——…。違う可能性を信じたがってる自分がいることを、日夏はどう認めていいのか解らず、昨夜からずっと放置していた。

(どうしたもんかな……)

一尉の魂胆とその可能性については、あれからずっと考えているのだが『恋愛』というキーワードが出てくると、なぜか一瞬胸がざわめくのだ。昨日の放課後デートが予想外に効いているのかもしれない。一尉と過ごす時間は想像していたよりも穏やかで、楽しかった。

いまも一緒に過ごしているこの時間を、心地いいと感じている自分がいるのだ。

(これってヤバイのかな…?)

持っていたペットボトルをゆっくり傾ける。タプンと揺れた水面が掌に刹那の冷たさをもたらした。

昨日の昼前に溢れ出した気持ちが、まだ自分の中で揺れているのも感じる。また何かの拍子に溢れ出すかもしれない気持ちや涙を、あんなふうに受け止めてもらえたら——。

そう思ってしまうこの感情は甘えなんだろうか?

一尉が傍にいてくれたら、もっと素直に、ありのままの自分でいられるような気がするのだ。

「どうかした？」

「え？　あ、ううん…」

神妙にペットボトルを見つめる自分を不思議そうな眼差しで一尉が捉える。その視線を意識した途端、少しずつ頬が熱くなっていった。それがはたして微熱のせいなのか、それとも違う要因に端を発するものなのか、判断を保留にしたまま日夏は冷たいテーブルに頬を押しつけて目を瞑った。

（あ、気持ちいい…）

その心地よさに意識が薄れてゆくのを静かに感じながら、思考の海にダイブする。

いったいどこからどこまでが、恋愛のボーダーラインなんだろうか？

（目に見える基準があれば解りやすいのにな…）

ただでさえ自分には恋愛経験というものが決定的に不足している。「色気より食い気」というよりも、自分には縁のないものとしてずっと遠ざけていたものでもある。

好意という意味で言えば、祐一のことを好きだと感じたあの気持ちに嘘はない。だがあれが恋愛だったのかと改めて考えると解らなくなる。兄代わりとして慕っていた気持ちの延長線上だと言われれば、なるほどという気もする。古閑のことにしてもそうだ。好きか嫌いかの二択で言えば好きに該当《がいとう》するが、それが恋愛に繋がるものなのかと言われればどうも違うような気がする。

（恋って落ちた瞬間に解るモノ？　それとも気がついたら落ちてるモノ？）

どれが正解なのか、日夏の中にはその明確なイメージがなかった。

『君を欲しいと思ったんだよ』

昨日言われた、一尉の言葉を思い出す。

欲しい――誰かを欲しいと思う気持ち、それが恋だと言うのであれば。

もしかしたらこれがそうなのかもしれない、と思う。「傍にいて欲しい」と思う気持ちが、昨日からタプタプと胸の内で揺れているのだ。だが欲しいもののほとんどを諦めてきた日夏にとって、これは難題でもあった。

（つーか、欲しいモンってどうすれば手に入んの――？）

ふいに五限開始のチャイムを聞いて、日夏は浮上してきた意識を辺りに散らした。にわかにテラスの人口密度が下がっていくのを気配で感じる。

（あ、れ……？）

寸断《すんだん》されていた意識が急に繋がったような感覚――どうやらほんの束《つか》の間《ま》、眠っていたようだ。

覚醒しつつも判然としない感覚で日夏は一尉の気配を探った。向かい側にあの静謐な気配はない。

（あ、いねーや…）

無理もない。問題児の日夏ならいざ知らず、風紀がこんな目立つところで授業をサボるわけにはいかないだろう。日夏に声をかけてから教室に戻ったのかもしれないが、その覚えがないことを少しだけ寂しく感じた。こちら側の勝手な感傷だが、なんだか置いていかれたような気分だ――。

「ちぇ…」

小さく呟くと「何？」と横から小さく訊ねる声があった。

「——え？」

「寒かったらブレザー貸そうか」

俯けていた身を持ち上げると、いつのまに移動したのか日夏の隣、ちょうど死角になる位置に文庫本を開いている一尉の姿があった。

「なんで、そっちに…？」

「ああ、風除《かぜよ》けになるかなって思って」

柔らかい笑みに撃たれて、日夏は「……マズイ」と唇だけで小さく呟いた。

（ただでさえいまちょっとグラグラしてるってのに…）

ぐらぐらと揺れて、そちらに倒れてしまいたい気持ちがあるのに。

こんなに近くにいたのに感知できなかった理由は一つしかなかった。自分の気配と混同してしまうほどに、この気配に体が馴染んでしまっているのだ。祐一や古閑といる時でさえ、こんな感覚に見舞われたことはない。——体は心よりも正直にできているのだろう。

「日夏？」

（本当にどうしようね、これ…）

頭よりも先に体から傾倒《けいとう》している思いを抱えて、日夏はそっと唇を嚙み締めた。

7

（つーか、もう手遅れでしたーみたいなね…）

揺れていた日夏の思いを完全に確定させてくれたのは、待ち合わせ場所だったラーメン屋で顔を合わせるなり、開口一番に告げられた古閑の言葉だった。

「おまえ利用されてるよ、一尉に」

ズキン、と胸に刺さったこの痛みこそがその証拠だろう。

（わあ、すっげー痛いんですけど…）

古閑が口を開くたびにその痛みが加速度的に増していくような気がして、日夏は終始顔を顰めてその「真相」を聞いた。

夕飯を奢るのにラーメン屋とはせこ過ぎるとか、いちいち制服を着替えてからこいとか面倒な注文つけんじゃねーよとか、会ったら言おうと思ってた言葉を何一つ言えないまま、日夏は目の前で古閑の注文してくれたラーメンが冷めていくのをただ眺めていた。豚骨《とんこつ》ベースの油膜の浮いた白っぽいスープと、湯気越しに見える薄笑いのない顔とを何度か交互に見た気がする。

「タイミング的にどうなのかなって思って、ちょっと調べたら尻尾《しっぽ》つかめたよ。隠す気もなかったのかもしんねーけどな。確かに一尉にしたら『椎名』のブランドを逃すテはないよな」

「そんなに価値のあるモンかよ…」

「一尉にしたらあるさ。椎名の後ろ盾が得られたらあいつが脳内で予定してるスケジュール、だいぶくり上げられんじゃねーの？　椎名にしても悪くない話だしな。東京の「本家」を牽制するのに『吉嶺』と懇意《こんい》になっておけば何かと手も打ちやすい。海老で鯛《たい》を釣ったようなもんだ、ってバーさん笑ってたぜ？」

「え？」

「な。もう売り込んでんだよ、あいつ。さすが早いよ、手回しが」

（やっぱり裏があったんだな…）

もしかしたらそういう魂胆があるかもしれない、とはもちろん可能性として考えてはいたが、しかしそこまで具体的に進んでいるとは思わなかった。

「あれだけ目立って動いてるのも、他の家に対する牽制だろうな。一尉を入り婿《むこ》にって考えてたヤツらも『椎名』が出てきちゃ下手に動けないだろうし、おまえとの縁談で他に有力だったラインも一尉が出てきちゃバーさんにとってはもう用なしだろうからな」

『ずっとそうやって生きてきたんだ——』

屋上でそう告げた一尉の横顔を思い出す。

あの時、どこか遠くへと向けられていた高潔な眼差し。あれは初めからここへ向けられていたのだろうか？「本気」だといった言葉にも嘘はない。自分を欲しがったのも確かに本心だろう。

（そーいう意味で欲しかったんだ？）

どんなカードにも使い道があると、記憶の中の一尉が告げる。

なるほど、自分もそのカードの一枚だったというわけだ。

（しかも格下に見られてんじゃん、俺？）

一尉によって失望を植えつけられるのはこれで二度目だった。一度目は能力を逆手に取られて鼻っ柱をへし折られ、二度目は対等に並んだ気でいた自分の不遜《ふそん》をまたしても思い知らされた気分だ。

所詮、ビショップはキングの権勢を守るための手駒《てごま》でしかないと。

（そういうことだろう？）

勝手に肩を並べている気だった自分の滑稽《こっけい》さに、笑い出したい衝動に駆られる。

一尉としては「切り札」を逃がさないための手段を一つ一つ、実行していたに過ぎないのだろう。

それを勝手に読み違えたのはこちらだ。期待したのも、——好きになったのも。

「あいつ、瞳はライカンだけど能力はウィッチに偏ってるからさ。『佐倉』とはあんまりうまいこといってないらしいんだよな。『吉嶺』の姓を名乗ってるのもそのへんに理由があるんだろうけど、いいよいよ『佐倉』の家の方を切り捨てる気かもしれねーな。ライカンを捨ててウィッチの世界で生きてくとなれば、是が非でも『椎名』の後ろ盾は欲しいだろうよ」

「俺はネギ背負《しょ》ったカモだったたってわけだ…」

「言いたかないけど、そーゆうこったな。おまえがダシにされてんの見て、さすがに俺も黙ってらんなくてさ。だから手遅れにならないうちに…」

「——もう遅いよ」

「え?」

「何でもねー。先帰るわ」

日夏は手つかずのラーメンをその場に残して席を立った。それからどうやって家に帰ったのかはよく覚えていない。気づいたらリビングのソファーで朝を迎えていた。ラーメン屋で別れた古閑は、朝になっても家には戻ってこなかった。

『いちおう証拠っつーか。明日の朝、八時に裏門の前にいってみろよ』

別れ際に言われた台詞が、一晩中頭を離れなかった。

日夏は重たい体を制服で包むと、いつもより早い電車に乗って学校に向かった。そして古閑の言葉通り、裏門の見える街路樹の陰から自らの肉眼で「真相」を確かめた。

黒塗りの車から降りてきた見慣れた制服姿の後から、いつのまにこちらにきていたのか、椎名本家の長たる日夏の祖母が姿を見せた。和やかに言葉を交わしてから一尉が祖母に頭を下げる。よろしくお願いします、と動いた唇が最後に読み取れた。

(——了解)

向こうがその気ならこちらにも打つ手ぐらいはある。捨て駒として扱われて終わるのは自分のプライドが許さなかった。さすがにそこまで見くびられるのは我慢がならない——そうとでも思わなければ涙が零れそうだった。

恋だと気づいた時にはもう手遅れで、終わっていた恋。

（いや、はじまってもなかったか…）

一尉にはそんな気さらさらなかったのだから。

勝手に好きになって、勝手に信じて、勝手に裏切られただけ。

祖母の車が去るのを最後まで見送ってから、踵を返した一尉が裏門へと向かう。日夏は街路樹の陰を出ると、静かにその進路を阻んだ。

「――――！」

こちらの気配をつかめていなかったのだろう。まともに虚をつかれたように一尉が瞠目《どうもく》する。

半分だけ流れるヒトの血に魔族の気配を隠してしまえば、魔族には人間が放つ気と区別がつかなくなってしまう。もっともヒトの気がより溢れた学院の外でないと効かない技ではあるけれど。

「悪巧《わるだく》み、ごくろーさん」

通用口を塞ぐように立ちながら、日夏は自然に口元が笑ってしまうのを自覚した。

自分の道化さが、一尉の驚きようが、茶番の下らなさ加減がおかしくてしょうがない。

「――おはよう、日夏」

さすがに数秒で立ち直った一尉が、少しだけ悲しげに笑ってみせた。

「見られちゃったね。古閑からでも聞いた？」

「さあな。情報源は関係ないだろ？　弁解があるんなら五秒でどうぞ」

いったいどの面下げて、どんな弁解をしてみせる気なのか。興味があったから付け足した言葉だったのに、一尉の返答は実にシンプルだった。

「ないよ、弁解なんて」

「……へーえ、往生際《おうじょうぎわ》はいいんだ？」

「使える手段は全部使っておこうと思ったんだよ。打てる手はすべてね」

「抜かりはないってことだ」

ここまで明け透けに手の内を晒してくるとは正直、予想外だった。

（それだけ軽《かろ》んじられてる証拠、か）

自分の独白に軽く胸が抉られる。

所詮は駒の一つ、そしてもう用済みに近いのだと、そう言外に告げられた気がした。うっかり傷つきそうになった心に、思い込みのオブラートを幾重《いくえ》にも被《かぶ》せる。

（――そうだ。こいつは罪悪感の欠片もなく、こんなふうに俺を踏みにじれる男だったんだ）

怜悧な眼差しにブレはない。見据える先にある目標まで、最短の距離を取るのがあたり前だと相対した眼差しが物語っている。

「欲しいものは手に入れないと気が済まない性質《たち》なんだ」

「そのためには誰を傷つけても構わない？」

「……そうだね、根がエゴイストなんだよ、俺は。欲しくなったら歯止めが利かない」

僅かに翳りを帯びた藍色が地面に落ちる。

（いまさらそんな表情はいらねーんだよ…）

日夏は逸らした視線で一度、空を仰いだ。独善者《どくぜんしゃ》を気取るのなら、最後までその仮面を被っていて欲しい。心の揺れなど見せて欲しくない――。

四月最後の登校日も、空は見事なまでの青と真っ白な雲とで彩られていた。だがやはり、見上げた空に淡い朱が交じることはなかった。

終わりを告げた一つの季節――何かを終わらせるにはちょうどいい日なのかもしれない。一尉との関係にも、いま必死で押し殺しているこの気持ちにも……。

「好きだよ」

ふいをついた一尉の告白に、日夏はきつく唇を噛み締めた。じんわりと口中に血の味が広がる。視界に一尉の姿を入れたくなくて、日夏は巡らせた視線を通用門の鉄柱に留めた。

信じた人に裏切られる痛みを味わうのはこれで二度目だ。でも今日の方が痛く感じるのはなぜなんだろう？　それだけ信じたかったのかもしれない――一尉の言葉を、思いを。

でもそれももう終わりだ。

「おまえの言葉なんて信じない」

日夏は自分に言い聞かせるように、低い声で決意を告げた。

「もう二度と信じない」

「この気持ちに嘘はないよ」

その言葉にまたも抉られそうになった胸を片手で押さえる。

(嘘がないから許されるとでも?)

自分を欲しがる気持ちの裏にあるのは、目的のためなら手段を選ばない計算だ。その裏で自分が泣こうが傷つこうがおまえは構わないいんだろう?

「……もういいって。椎名のネームバリューが欲しいんならそう言えばよかったじゃねーか」

ウィッチの中でも特に『椎名』は、雌体の半陰陽が多く出る生粋の女流血統だ。そのため、よその血統から婿を取ることがほとんどない。男の一尉が関わりを持つ手段は限られているということだ。

(格好のターゲットだったたってわけだろ?)

そんな意味で好かれても、欲しがられても嬉しくも何ともない。自分が欲しいものはけっきょくいつも手に入らない運命なのだ。そう決まっているのだろう。

(欲しいなんて気づかなければよかったのに…)

叶わないと思い知るだけの望みにどんな意味があるというのだろう。

「——やっぱり古閑の言葉は信じるんだね」

掠れた声に釣られて視線を転じると、藍色の瞳が静かに揺れているのが見えた。

(だからなんで、そこで傷ついたみたいな顔しやがるんだよ…)

見ているとと吸い込まれそうなその清澄《せいちょう》な青さを、日夏はきつく眇めた眼差しで受け止めた。

「どうすれば俺の言葉を信じるの？」

「何をいまさら」

「君を手に入れる手段があるんなら捨てるよ、何でも」

（……何でも？）

この期に及んでそんな嘘を言う一尉が許せなかった。

（嘘つけ、捨てられるものなんてないくせに…！）

期待したくなるような言葉を、この場で言う残酷さを解っているのだろうか。わざわざオブラートに包んで鈍感にさせておいた気持ちが、それでも痛いと言って泣くのに。

「――じゃあ、おまえの本気を見せてくれよ」

気づいたらそんな言葉が口から零れていた。

「今日の放課後バトルで優勝してみせろよ。そしたら信じてやるよ」

無理難題を吹っかけている自覚はあった。一尉がこの話に乗るわけがない、という自信も。

月一で催される「放課後バトル」は、ルール無用・制限時間なしのバトルロイヤル方式だ。毎回、怪我人が出るほどの激闘が必至だったが、その分報酬《ほうしゅう》もいいのでエントリーする命知らずには事欠かない。数あるバトルの中でも一番悪質とされ、このバトルに関わった者は問答無用で停学に処すると学院側から通告されているにもかかわらず、参加者は後を絶たない。

風紀で、模範生で、学院の誉《ほま》れたるアカデミー帰りの「吉嶺一尉」が間違っても参加することは許されないイベントだ。

(捨てられないだろ、おまえには?)

「解った」

即答してみせた一尉に、日夏は一瞬泣きそうになった目を逸らして通用門への進路を開けた。

「じゃあ、放課後」

一尉の背中が少しずつ遠ざかっていくのを見つめる。

(なんでだよ…)

声にならない思いが、嗚咽になって零れ落ちそうで必死に口元を押さえる。

ずるずると制服の背を壁に引き摺ると、日夏は門の横にしゃがみ込んだ。ブレザーのポケットの中で、あの日から入れたままになっているクロスのペンダントがしゃらりと小さく鳴った。

「……ッ」

衝動的に引っ張り出したそれを舗道《ほどう》に投げつけようとするも、右手のスイングは緩く宙を切っただけで舗装されたアスファルトの上に力なく落ちた。

(なんで期待させるようなことすんだよ…)

なす術なく握り込んだ掌にクロスの角が刺さって痛む。

「……あいつ、ほんと最低じゃん」

涙の気配が完全に引くまで、日夏はずっとその場で青い空を仰ぎ見ていた。

その後、日夏が教室に顔を出したのは一限がはじまってしばらくしてからだった。熱く腫れぼったかった両目は、人気のなかった第二体育館横の水道で冷水に晒してきた。涙の余韻はほとんど残っていないはずだ。

「よ、日夏。おそよー」
「なんで溜まってんだよ、おまえら」
「あれよ、あれ。今日の放課後バトルについて会議中ー？」
「へーえ」

移動教室で空になっていた自分のクラスにいたのは、八重樫と隼人と古閑といういつものメンバーだった。聡い連中だからもしかしたら自分の異変に気づいてしまうかもしれないが、それでも下手に口を挟んでくるほど野暮《やぼ》ではない。古閑は転がり込んだ女のもとから直接登校してきたのだろう。それもめずらしいことではない。こちらと視線を合わせることもなく、ゲームに夢中になっている横顔を尻目に日夏はずかずかと教室に踏み入った。

会議中などと言いつつ、実際それに従事しているのはノートパソコンを開いている八重樫一人だろう。その傍らでは組んだ両腕を枕に、隼人が健《すこ》やかな寝顔を露にしている。

「どうせ俺は参加させてもらえないんだろ？」

不機嫌を装《よそお》ってつっけんどんに言いながら、日夏は八重樫の向かいの椅子を引いた。ガガガッと耳障りな音がして、惰眠《だみん》を貪っていた隼人が顔を上げる。そこでようやく日夏の存在に気がついたのか、甘く蕩けた笑みが綻《ほころ》んだ。

「おはよう日夏。今日も相変わらず可愛いね」

「はいはい、黙れよ」

「顔色も相変わらずだけど」

「隼人の言う通り。その顔色じゃちょっと参加の承服《しょうふく》はしかねるなー」

持っていたボールペンの先をこちらに向けて振りながら、八重樫がキーボードの上に指を滑らせる。またガガッと椅子を引き摺ってディスプレイを覗き込むと、今日の参加者の一覧表が一番上に表示されていた。名前を見る限り大してめずらしくもない、いつものメンバーだ。この面々が相手なら多少体調が悪くても勝てる算段がある。

「くさくさした気分なんだよ。何かで発散しちまいたいの」

尖らせた唇で文句を言い募ると、窓辺でプレイ画面を睨んでいた古閑が「じゃあ俺とヤるー？」といつもの下らない調子で軽口を叩いた。「お家」関連のゴタゴタをこの場に持ち込む気はないらしい。それは日夏としてもありがたいスタンスだったけれど。

「日夏が望むんなら手取り足取り、ファーストレッスン仕込んであげるよ」

「いっぺん死んでこい？」

冗談に付き合えるほどの精神的余裕はない。研いだ視線をすげなく向けると、古閑はハイハイと言いながら大人しく口を噤んだ。こんなふうにろくに授業にも出ないくせに、古閑をはじめこの三人の成績は上の中から落ちたことがない。その辺りも学院側の干渉を受けにくくする計算なのかもしれないが、残念ながら日夏はそこまで要領がよくない。

新学期はじまってすぐの学力テストでボーダーラインぎりぎりでアウトの成績を取ってしまった身としては、次の中間でせめてセーフに食い込んでおかないと、ただでさえあたりの厳しい教師陣にまた何を言われるか解ったものではない。一限は諦めるとして二限の予習のために、日夏は引っ張り出した数学の教科書を机の上に広げた。それを見た隼人が失礼なほどに目を丸くして驚く。

「めずらしいじゃん、勉強なんかしちゃう気？」

「悪いかよ。実は俺ってすげー真面目なんだけど」

「初耳。中間なんかクソ食らえだ、ってこないだ言ってたじゃん？」

「……気が変わったんだよ」

それ以上話しているとこちらの心中を読まれそうで、日夏はポケットから出したポータブルオーディオのイヤホンを両耳に嵌めることで、それ以上の追及を逃れた。日常と関係ないことに没頭《ぼっとう》していないとすぐに脳裏をあの藍色が横切ってしまう——…なんて本音は誰にも言えはしない。

音量は最小限でしばし明るいダンスチューンに耳を傾ける。ふいにそのメロディにノートパソコンのメール着信音が入り混じった。

「お、またきた。そろそろ締め切っかなぁ」

バトルにエントリーするには八重樫が管理している専用サイトに、携帯かＰＣからメールで事前に申し込みをする必要がある。

他のバトルならまだしも、月一のこのバトルロイヤルにはいくつかの参加資格があった。「三回以上のバトル参加経験があること」——通常のバトルロイヤルのルール無用版ということもあり、まずはベースになっているバトル形式が頭に入っていないと話にならない。加えて「ランクがビショップ以上であること」——激化するバトルでは最低限、己の身を守れるだけの能力が必要になる。それすらままならないようではわざわざ怪我をしにいくようなものだ。そして最後に「学院の犬、お断り」——これはどんなバトルでも変わらない項目だ。校則違反の宝庫《ほうこ》であるバトルに、風紀を参加させるわけにはやはりいかない。この時点で一尉は諦めざるをえない……——そのはずだ。

「そういや一尉がさー、朝会った時、バトルに出たいとか言ってたんだよね」

八重樫の言葉にツキンと感じた胸の痛みを、日夏は聞こえてないふりで無表情のまま堪えた。へーえ、と隼人が相槌を打つのを聞きながら、何度読んでも頭に入ってこない設問文をもう一度頭の中で読み返す。

「さすがに風紀出すわけにゃいかねーから断ったけど。なんかあったのかね、あいつ？」

「さあ？」

古閑が口を挟んでくるかと思ったが、相変わらず沈黙を守っている。代わりに場違いに明るい電子音がまたメールの着信を告げた。慣れた仕草でそれを開いた八重樫が、眼鏡の奥の双眸をふっと片方だけ歪ませる。

「うっわー、やられた……」

画面を見つめながら、八重樫の口元がみるみる苦笑に侵食されていくのを視界の端で見つめる。

「やられたよ、一尉に」

(え——?)

その名前に、日夏は思わずディスプレイに視線を差し向けた。なにやら硬い文章が連なっているメールの最後に、風紀委員として一尉の名前が記されている。

「なんだか知んねーけど、どうしてもバトルに出る気らしーな。学院側に交渉したらしい」

「交渉?」

「あいつ『風紀』として参加する気だぜ? えーと…、風紀のメンバーが優勝したらそれ以降のバトルは全面禁止、首謀《しゅぼう》の俺ら側が優勝したらいままでどおりお咎めなし、だとさ」

「あー…ウマいなぁ」

八重樫の隣で雑誌をぱらぱらとめくっていた隼人が視線は誌面に落としたまま、唇の両端をきれいに吊り上げた。

「上に進言したってわけだ。向こうとしては願ってもないよね」

確かに学院側にとって、このプランは都合のいい提案だったろう。八重樫が首謀なんかやっているせいで、いままで野放しにせざるを得なかったバトルを取り締まるいい機会だ。それも出陣するカードが無敵の力を誇る一尉なのだから、よもや負けるとは思ってもいないのだろう。

「どうすっかなー、あくまでも申し入れだから断るってテもあるんだけど……うーん…」

悩む八重樫の背を押したのは、窓際でゲーム中だった古閑の一言だった。

「受けちまえば？　要するに挑戦状だろ。おもしれーじゃん」

「——あ、やっぱそう思う？　思っちゃう？」

腹の中では八重樫もこの案に乗る気だったのだろう。これだけ派手な名目が立てば、それだけ注目度も上がる。比例してバトルのさらに裏で主催しているトトカルチョの方も、かなりの賑わいになるだろう。そんな計算がメガネの裏に透けて見えていた。

「そういうことならおまえらにも全員参加してもらわなきゃなんだけど、ＯＫ？」

「俺は構わないよ。古閑は？」

「俺もＯＫー。日夏はどうするー？」

「……出るに、決まってんだろ」

古閑の呼びかけで外したイヤホンを、それだけ言ってすぐ元に戻す。

（出てくるんだ、あいつ…）

チクチクとする胸の痛みに耐えて、日夏は音量ボタンを強く押し続けた。大音量になった音楽が収束しかけた意識をもう一度四方へと散らしてくれるのを待つ。

ディスプレイの参加メンバーに日夏の名前が表示された。いくつか増えた見慣れない名前は他の風紀委員のものだろうか？　めずらしく八重樫自身も参加を決めたらしい。そして一番最後に一尉の名前が追加される。

これで放課後にはまた正面からまみえるわけだ。

古閑がこちらに何か言ったようだったが、日夏はそれを気づかなかったふりで目を閉じた。

（いまは何も考えない……いまは——）

いずれくる決戦の時に向けて、日夏はただひたすらにそれだけを念じ続けた。


かくして放課後バトルの火蓋《ひぶた》は切って落とされた——。

スタートから数分後。日夏は一人、ライカン棟の屋上に待機していた。ここからならどの棟《むね》の屋上へも逃げられるし、潜んでる気配にも気づきやすい。

風紀が参戦した今回のバトルはいつにない激戦が予想されていた。日頃、風紀に虐《しいた》げられている素行の悪い者たちには復讐の機会として、風紀や学院側にとっては長年目の上のたんこぶとして存在してきたバトル自体を葬《ほうむ》り去る絶好のチャンスとして、それぞれ目されている。八重樫が煽ったせいもあり、周囲の関心度もうなぎ昇りに高かった。

ルール無用、時間制限なしの枠は今回も適用されている。

バトル方式にも特に変更はなく、最終的に最後の一人がどちら側かで勝負は決まると、バトル前のアナウンスにはあった。「風紀」対「問題児」でチーム戦の様相も呈しつつも、風紀と違い、こちらの場合は連係が取れているわけではない。個人個人がどう動くかが勝敗に大きく関わってくるだろう。

範囲《フィールド》は高等科の敷地内。いつもは随所に張られている風紀避けの結界も、学院側が関与《かんよ》している今回はどこにも張られていなかった。とばっちりを食いやすい環境を嫌って、野次馬《やじうま》たちは中等部の方に固まっているらしい。そのせいで敷地内にいるメンバーの気配が判りやすいのは日夏にとって好都合だった。

張り巡らせた意識で半径二十メートルほどをカバーしながら、フェンスを背にあぐらをかいて空を見上げる。ひっきりなしに前髪をなびかせる風が目に沁みて、日夏は目を閉じると、瞼で春風の温さを感じた。春の天候は変わりやすいというが、朝に比べると風の勢いがずいぶん増している。

(——春疾風、か)

じきに暴風に近い南風がこの辺りにも吹き荒れるのだろう。

さしずめ、いまは嵐の前の静けさだ。

感覚を研ぎ澄ませても、大きな動きはいまのところ感じられない。聞こえるのは風の音ばかりで、この屋上に近づいてくる気配もなかった。

風紀からの挑戦状を受け取ったからには八重樫の脳内に勝算はあるのだろうが、昼休みに設けられた問題児側のミーティングに日夏は参加しなかった。だから自分以外のメンバーがどんな意図で動いているのかは知らない。

「とりあえず日夏は無理せず、体調優先な？」

スタート前に、八重樫にそう釘《くぎ》を刺されたのを思い出す。風紀攻略計画に参加しなかったのは確かに体調のせいもあったが、そもそも対一尉戦では己の能力が効かないことを二度も証明されているので、参加したところで大した役目は与えられなかっただろう。だったらこうして遊軍《ゆうぐん》でいる方がいい。そうすれば――いずれ向こうからやってくるだろうから。

（……あいつはいま、何を考えてるんだろう）

スタート前に集合をかけられた時も、日夏は一尉と目を合わせないようずっと俯いていた。一尉の視線を背中に感じながら、ずいぶん長い間爪先を見つめていたような気がする。朝から少しずつ下降していた気分が、最低に落ち込んでいたのはたぶんあの時だ。

「平気か？」

集合場所の第二昇降口の隅で、ともすればしゃがみ込みそうになっていた自分に手を差し伸べてくれたのは、いつの間にか隣に立っていた古閑だった。こっちこいよ、と手を引かれて端にあった傘立ての上に座らされる。前方で八重樫がくり返しているアナウンスを遠く聞きながら、日夏は古閑が苦笑交じりに呟くのを俯いたまま聞いた。

「知らなかった。日夏でもそんな弱気っぽい顔するんだ」

「……おまえ俺をなんだと思ってんの」

失礼な物言いに思わず目を上げると、視線が絡む前に古閑の掌がぽんと頭の上に乗せられた。その重さで傾いだ視界に、また自分の上履きが映る。

「見慣れないといや、ここまでがむしゃらになってる一尉ってのも初めて見るけどね」

「え……？」

「計算や立ち回り次第でたいがいのモノは手に入ったろうからさ。なんつーか、執着薄いんだよね。だからあいつが切実に何かを求めてるのって、実はほとんど見たことない」

前髪を撫でられて、俯けていた視線をもう一度引き上げる。そこには薄笑いでも、無表情でもない古閑がいつになく柔らかな空気を纏って微笑んでいた。

「あいつがそこまでして欲しいもんって、何だと思う？」

「何って…」

「ま、おまえが一番解ってると思うけどどな。んじゃ、また後で」

それだけ言うと古閑はさっさといってしまったので、日夏はその続きを聞くことは叶わなかったけれど。思わせぶりな古閑の言葉は、混乱した日夏の頭を整理するための、一つのきっかけを与えてはくれた。

（欲しいもの、か――）

それがたとえば自分だというのであれば、こんなに悩むことはないのだ。一尉が本当に自分を求めていてくれるのなら迷う必要もない。けれどそう信じるには、今朝見た光景があまりに『正解』過ぎた。どう考えたってこの場合、そちらが正答だ。むしろ、それならそれで。

(そっか、迷う必要ねーってことだよな…)

目の前に一尉が現れたら、叩きのめせばいい。バカにするな、と。たとえ能力でも腕力でも敵わなかったとしても、その意志さえ見失わなければ自分は自分でいられる。そう思えた。

誰かの思い通りになんてなって堪るか——ようやく自分の足元が見えた気がした。

好きだと思う気持ちや、信じたい思いはいまも変わらずあるけれど、この際それは二の次だ。この場に立ち止まっている限り現状は何も変わらないのだから。だったら先に向けて走るしかない。正面からぶちあたって傷を負ったとしても、それは必ず次の教訓をもたらしてくれる。

ずっとそうやってやってきたのだ、自分は。

(そう、これが俺のスタンス)

あいつにはあいつの、自分には自分のやり方がある。

目を開くと、視界いっぱいに澄みきった青空が広がった。どこまでも突き抜けて見通せるこの青さに、似て非なるもの。『どうすれば信じるのか』と、そう問うた藍色の瞳を思い出す。

「——だったら信じさせてみろよ」

(できるもんならな…)

心の中でそう付け加えてから、日夏は空に向けていた視線を非常階段の方へと差し向けた。

アンテナに引っかかった一人分の気配。それが誰かなんて考えるまでもなかった。

「やっぱりここにいたんだ」

東側の非常階段から上がってきた気配が、風で紺色の双眸を細めながら日夏の前に立った。

（思ったより早かったな…）

序盤に自分を狙ってくるとは、正直予想していなかったので少しだけ判断に迷う。

瞳の色が変わっているということは、すでに何かの能力を会得《えとく》しているということだ。警戒して立ち上がった日夏に人形のような硬質な笑みを見せると、一尉は懐から取り出した何かをジャラジャラとコンクリートの上に散らばらせた。

「残念だけど、バトルはもう終わりだよ」

「え——」

よく見ればコンクリートに散っているのは、先ほどエントリーメンバー全員に配られたばかりの認識票だった。数えてみると、自分と一尉をのぞいての全員分がここにあることが判る。

「認識票さえ奪えば戦わなくてもいいんだよね？」

「な……」

「三年に鷺沼先輩って人がいるんだけど、あの人の力をちょっと借りたんだ」

（時間操作系…）

つくづく一尉の力は反則じみていると思う。

あの力を使えば戦わずして認識票を奪うのも容易かったろう。だが八重樫の話では、あの能力は無機物のみに有効という触れ込みだったはずだ。日夏の疑問を表情で解したのか、「見てて」と一尉は持ち上げた掌でゆっくりと宙に弧《こ》を描いてみせた。

「……え？」

その軌跡を追っていたはずの視線が、気づくと対象物を見失っている。ほんの一秒ほどの間のことだ。慌てて首を巡らせると、左に九〇度ほどずれた位置に一尉が立っていた。まるで瞬間移動でもしたかのように。

「無機物にしか効かないってのは建前みたいだね」

「なるほどな…」

能力の詳細を隠したり偽《いつわ》るのはよくあることだ。自分だって例外ではない。鷺沼が胸に「K《キング》」を留めていたのは伊達《だて》じゃないということだろう。

「この力って一秒を十秒ぐらいに引き延ばすことができるんだね。メンバーが散らばり切る前に認識票だけもらってきたよ」

「反則じゃねーのかよ、それ…」

「ルール無用なんでしょ？」

優等生の顔でそんなことを言いながら、一尉が笑う。

「後は君だけなんだけど、どうする？」

冷めた双眸が真っ直ぐに自分を見つめているのを感じながら、日夏は無言で両目を眇めた。

自分の能力が効かないのは二度にわたって思い知らされている。そのうえこんな掟破りの力を相手が持っている以上、勝率なんて小数点以下だ。でもいまこの時こそが、ずっと待ち侘びていた瞬間でもある。売られたケンカは買うのが主義。そうでなければ――。

（森咲日夏の名が廃る）

「俺のが欲しけりゃ、力ずくで奪えよ」

言葉と同時、地面を蹴って前へ出る。

勝算なんてない。それでもじっとなんかしていられなかった。

けれど。

「いらないよ」

（え――？）

仕掛けた勝負は、僅か数秒で片がついてしまった。勝負の意志がないことを知らしめるように、ブレザーの両ポケットにしまわれた掌。

「俺が欲しいのはコレじゃないんだよね」

言いながら自分の認識票をポケットから取り出すと、一尉はそれをこちらに示して見せた。一歩踏み出したところで固まった日夏の視線の先で、開いた掌から離れたドッグタグがしゃらっと軽い音を立ててコンクリートに落ちる。認識票の山に新たな一枚が加えられた。

「欲しいんならそれは君にあげるよ。だから代わりに」

「……俺を寄越せって？」

「そういうこと」

紺色の眼差しがふっと光を失うように藍色に戻った。

「俺が欲しいのは君だけだよ」

穏やかに凪いだ瞳の裏側に、ずっと滲んでいた感情が少しずつ浮き上がってくるのが見えた。

それはあの疲弊や諦念、羨望とも違う……もっと深くて澄んだ何か。計算も妥協もそこにはない。

（それが、おまえの本心——…？）

根底にあるそれが何なのか、じっと目を凝らしたところで。

「ああ、タイムオーバーだ」

「え…？」

急にぐらりと目の前の長身が揺れた。コンクリートに片膝をついた一尉に慌てて駆け寄る。

「おい…っ」

しゃがみ込んだ体が荒い呼吸で上下するのを見て、日夏は咄嗟に一尉の額に手をあてた。一瞬で解るほどの高熱が掌を焼く。

「おまえ、これ…っ」

思い出すのは八重樫の言葉だった。時間操作系は魔力の消費が半端でないと——。

（なんでこんな……）

力の抜けた体を咄嗟に両手で受け止めると、日夏は崩れた一尉の上半身を横抱きにした。

ダメージが体中に回っていることを知らしめるように、荒かった呼吸までが次第に腕の中で弱々しくなっていく。ここまでひどいブラックアウトを見るのは初めてだった。

バトルのエントリー人数は二十人を超えていた。その全員に力を使ったのだとしたら、いったいどれほどの影響が体に出ているのだろうか。考えただけでも背筋がぞっとする。

「残念、もうちょっと保《も》つと思ったんだけど……容量超えちゃったな」

苦しい息を継ぎながら、一尉がゆっくり言葉を綴る。

「なるべく早く、終わらせたくて…」

「何、言って…」

確かに全員の認識票がこの場に集まっているのだから、このバトルの終焉《しゅうえん》はもう目に見えている。最短でケリのついたバトル記録もこれで更新《こうしん》されるだろう。だが一尉の目的がそんなことだったとはとても思えない。一尉ならこんな手段に出なくても、余裕で勝てた勝負のはずだ。

「なんで、こんな…」

「誰かが君を傷つける前に、終わらせたかったんだよ」

「俺…？」

「スタート前からずいぶん顔色が悪かったから…ずっと、心配してたんだ…」

細々とした息が途切れがちに繋いだ言葉を聞いて、日夏は思わず言葉を失った。

そんな理由でこんな手段に出たというのであれば本末転倒《ほんまつてんとう》——いや、愚《ぐ》の骨頂《こっちょう》だ。

極度のブラックアウトは身体に重大な影響を及ぼすこともあるというのに。場合によっては後遺症《こういしょう》が残ることだって稀にあるのだ。狂気の沙汰《さた》としか思えない。

「だからって、なんでこんな無茶…っ」

「——よく言うよ」

衝動に任せて怒鳴りつけようとした日夏を遮るように、細い息が呆れたような呟きを零した。

「無茶しろって言ったのはそっちの方じゃないか」

「俺?」

「本気を見せろ、って言ったのは君だよ」

「って、え…?」

「まさか、忘れてないよね…」

また少しずつ荒くなりはじめた呼吸が、きちんと上までボタンの留められたシャツの中で苦しげに喘ぐ。慌ててタイを緩めてボタンを外すと、一尉の呼吸がほんの少しだけ落ち着いた。

(じゃあなにか? こいつは本気を見せるために、こんな状態に陥ってるってのか?)

風紀で、模範生で、学院の誉れたるアカデミー帰りの優等生が。

こんな無様を晒している理由が。

(俺――?)

計算だとか策略だとか、そういった魂胆《こんたん》は少なくともこの場においてはゼロだろう。計算ならもっとスマートに、策略ならもっと確実に、『椎名』に取り入る方法が他にいくらでもあったはずだ。わざわざこんな目に遭うだなんて、背負った派手な経歴たちの啜り泣きが聞こえてくるようだ。

「……おまえ、ほんとはバカだろ?」

「うん。君に関してはそうなるみたいだね。自分でも初めて知った…」

苦しそうな息をつきながら微笑んだ一尉に、日夏は重く、深い溜め息をついた。

(がむしゃら、ねえ…)

古閑の言葉はことのほか正しく、この現状を捉えていたのだろう。一歩間違えば命すら削りかねない危険を冒してまで「自分」を欲してくれている――そう思っていいのだろうか?

(こいつは俺のもんだって思っていいんだよな…?)

深い呼吸に上下する胸をじっと見つめていると、日夏の頬に一尉の掌がふわりと添えられた。

「さすがに、そろそろ信じて欲《ほ》しいんだけどな…」

一尉が困ったように口元に弱々しい笑みをうっすら乗せてみせる。その微笑に少しだけ入り混じった苦さをすくい取るように、日夏は一尉の唇の端に親指を乗せた。手首に心臓が移ってきたかのように、脈動に合わせて指先が震える。指先だけでなく、体中がドキドキと鼓動しているような気がした。もつれそうになる舌を必死に動かして言葉にする。

「なら、もう一回言ってみろよ…」

癒えかけた傷口を指の腹でなぞりながら、日夏は潜めた囁きでその先を促した。

「おまえ、俺のことどう思ってるわけ…?」

「——好きだよ」

掠れて風に流されそうになっていた言葉を、日夏は全身を研ぎ澄ませて受け止めた。高くも低くもない心地よい声音が紡ぐ言葉を、穏やかな心持ちで聞く。

「君が欲しくてしょうがない」

藍色の瞳の底でたゆたっていたものが、静かに表面へと浮き上がってくるのが見えた。

(ああ、なんだ……)

その正体をようやく見つけて、日夏は無防備な一尉の頬にそっと唇を寄せた。そのままの姿勢で小さく答えを返す。

「そんなに欲しいんならくれてやるよ」

一言だけで離れた唇を追いかけてきた視線が、日夏の瞳を下から見上げる——いや捕らえていた。思えば一番最初から、自分はこの瞳に囚われていたのだろう。同様に自分に囚われている瞳を見下ろしながら、日夏は一尉の体を支えていた両手に力を込めた。

そこで限界を迎えたのか、一尉の藍色がすうっと掻き消えて腕の中の体が重みを増す。それをさらにきつく両腕で抱き竦めながら、日夏はぎゅっと目を瞑った。

（ヤバイ…これ、すげードキドキする……！）

欲しかったものを手に入れる感覚ってこんな感じなのだろうか？

携帯で呼んだ救援が屋上に駆けつけるまで、日夏はずっと腕の中の温もりを抱き締めていた。

8

　放課後バトルはけっきょく、認識票をすべて手に入れた日夏の一人勝ちという結果に収まった。一尉のまさかの昏倒《こんとう》で敗北を喫した学院側は、またしばらくは元のスタンスに戻るのだろう。

（寝顔が一番子供っぽい）

　医務室に運ばれた一尉の傍に付き添いながら、日夏は飽きずにその寝顔を見つめていた。校医による治癒《ヒーリング》は受けたので、待っていればじきに目を覚ますだろうと言われている。

　バトルが予想外に早く終結したせいで、野次馬たちは三々五々校外に散っていった。校内の空気がやけに静かに感じられるのはそのせいだろうか。その中を縫うように近づいてきた気配が、カラカラっと医務室の扉を開ける。

「俺の鞄、持ってきてくれた？」

　入り口付近へと首だけ振り返らせて声をかけると、「抜かりねーよ」と古閑が閉めたカーテンの隙間から顔を覗かせた。日夏と一尉の鞄をサイドテーブルに置いてから、懐から引っ張り出した茶封筒をひょいと日夏に差し出す。

「あとこれ、賞金な。八重樫から預かってきた」

「イエーイ。これでしばらくはゴージャスな飯が食えるー！」

予想してたよりも厚みのある封筒を受け取って、日夏はにっこりと相好を崩した。それを薄笑いで見守っていた古閑と目が合い、思わずブレザーのポケットに乱暴に封筒をしまい込む。

「言っとくけど奢んねーぞ」

「うっわ、人の奢りのラーメン昨日蹴っといて、どういう言い草だよ」

「あ、そーだ。あれって仕切り直し、アリ？」

「ナシに決まってんだろ？　ったく、そのがめつい性格はバーさん譲りだよなぁ、ホント」

「ああ？」

「その口の悪さと、食い意地の張ったところも瓜二つだよな。それから…」

「解った、ウルサイ、もう黙れ」

放っておくといつまでも言ってそうな古閑を黙らせるために、日夏は仕方なくファストフードのセットを奢る約束をすると、傍らのベッドに向き直った。同じように眠る一尉に視線を据えた古閑が、それにしても…と細い嘆息《たんそく》を吐き出す。

「ホント無茶したよなぁ、コイツ」

その声は呆れと言うよりもどこか感心に満ちていて、日夏は思わず眉間にシワを寄せた。

「てめーで焚《た》きつけといてよく言うぜ」

古閑の言動について疑問を抱いたのはつい先ほどなのだが、そうと気づいてみればパチパチと嵌まるパズルのピースがいくつかあった。どこからどこまでが古閑の策略だったのか——細かい点は判りかねるのだが、これだけは断言できる。古閑の介入がなければここまでややこしいことにはぜったいになっていなかった、と。

「なんだ、バレてんの？」

なら話は早《はや》えーよ、と古閑は日夏の隣に置いてあったパイプ椅子に腰を下ろした。

薄笑いの横顔から真の『真相』を探るのは容易ではないが、それでも自分には訊く権利があるはずだ。自分も一尉も紛れもない当事者なのだから。——もちろん一尉にも質さねばならないことがいくつもあるのだが、それはひとまず後回しということで。

「で、けっきょくおまえは何がしたかったわけ？」

「んー、鳶《とんび》に焦ったってとこかなー」

「トンビ？」

「そ。いざ目の前で掻っ攫われそうになったらさ、やっぱ惜しくなったっていうか？」

（——ダメだ。さっぱり話が見えねー…）

日夏の顔面にでかでかと書き込まれていたその文字に気づいたのか、古閑が「あれっ？」と今度は素《す》っ頓狂《とんきょう》な声を上げた。

「つーか、まだ気づいてねーの？」

「何がだよ？　つーか、おまえの話は解りにくいんだよっ」

「日夏は本当に鈍い子だねぇ…。バーさんの手口、二度目なんだからいい加減覚えろよ」

「は？」

「俺さー、いちおうおまえの婚約者候補だったんだけど。しかも第一候補ね？」

「う、えエェ…ッ!?」

「ハイ、いーいリアクション。あっそう、夢にも思ってなかったのね…」

「や、だって…！」

「考えてもみろよ。おまえがなんでわざわざ俺のところに送られてきたと思ってんの？　他にいくらだっているだろーよ、適任者なんんか。バーさんが言ってた理由そのまんま鵜《う》呑《の》みにしたのかよ？　だいたい監視者がタメって時点でまずは疑えよ。鴻上の時と同じ手口だよ」

「ぜんぜん…気づかなかっ、た……」

古閑曰く、祖母の描いていた青写真は『古閑』と縁を結ぶことでの連携強化だったらしい。

そもそも古閑の一人暮らしも『椎名』の援助で成り立っていたことを日夏は初めて知った。自分だけが知らなかった図式が、またこんなにも近くにあったとは——。

三年前にこちらにきた時点で、もう新たな計画がスタートしていたというわけだ。

「俺さ、初等部までは東京の『椎名』の方に世話になってたんだよ。ただ向こうも向こうで腐ってるからさ、いい加減出たいなーと思ってたところでバーさんから援助の話がきてね。とりあえず乗ってみたってわけだ。でも『古閑』を神戸本家に繋ぎ止めようってバーさんの思惑も見え見えだったからさ。正直どうしようかなーと思ってたんだよ」

「おまえの日和見《ひよりみ》主義は筋金《すじがね》入りだな…」

「まあな。つーか『古閑』は独立独歩の血筋なんだよ。で、べつにおまえをどうこうしようって気はなかったんだけどね、でも本当にどこにも貰《もら》い手ないんだったら、最後には俺が頂いてもいいかなぁってちょっと思ってたんだよ。バーさんの思惑通り、俺おまえに懐かれてたしさ」

くしゃりと赤毛を掻き回されて、妙に居心地の悪い気分になる。

「懐いてねーよ、バカ！」

つかんだ手を思いきり振り払うと、古閑が意外だというように片眉だけを吊り上げて笑った。

「あれあれ？　家きてすぐの頃、眠れないからって毎日手ェ繋いで寝た仲じゃん？」

「……それは忘れろ」

「ま、普通に仲いいだろ俺ら？　で、気づいたら本命とか言われてるしさ。——ちなみにいままでの見合い話はほとんどバーさんの狂言《きょうげん》だぜ」

「えっ？」

「それをリークするふりしてりゃ、自然におまえの信頼が勝ち取れるだろうってバーさんの読みは正しかったよな」

「あんのババア…」

次から次へと、目から鱗《うろこ》の話ばかりだ。こんなにも自分が祖母の掌《たなごころ》で踊っていたとは……正直ショックだ。というよりこの場合、恨むべきはむしろ己の単細胞の方なんだろうか？　それはそれでまた虚しいものがあるのだが――。

「そういや最近の見合い相手のランクダウン、ひどかったろ？　あれも、おまえに俺で手を打たせようって気にさせるのが魂胆だったらしいぜ」

「………うわ」

その可能性については確かに考えた覚えがある。

しかもわりと真面目に検討しようかと思っていたプランだ。もしも一尉のプロポーズがなければ、実際に現実となっていておかしくない未来の最有力候補だ。

（全部読まれてるってわけね…）

「ま、俺はどっちでもよかったんだよ。でもいざ一尉みたいな鳶が出てくるとさ、このまま持ってかれんのは癪《しゃく》だなぁとか思っちゃったわけよ。しかもこいつがまた挑発してくるしさー。ハイ、以上」

「以上て、おまえ…」

「後は一尉から聞けよ。おまえよりよっぽど状況判ってるから。な？」

「え？」

見るといつの間に目覚めたのか、一尉が開いた双眸をこちらに向けていた。

「あ、怒ってる。日夏これ、こいつの怒った顔。覚えといた方がいいぜ？　こいつ怒ると長いから」

「え？　あ、え…？」

「んじゃ俺は退散しまーす」

そそくさと立ち上がると背中を向けた古閑に、一尉の冷たい声がかかる。

「古閑、今度ゆっくり時間取ってくれるかな？　――長い話になると思うから」

「あー…しゃーねえから聞いてやっけど、俺もうイチ抜けしてっから。そこんとこよろしく？」

日夏にはよく解らないニュアンスだけを残して、古閑はさっさと医務室を出ていった。

「何なんだよ、あいつ…」

それを呆然と見送ってから、日夏はハタと一尉と二人きりになった現状に思い至り、少しだけ動きをギクシャクさせながらベッドへと向き直った。

（なんか…何言うべきなんだろ、こういう沈黙の時って……）

一尉と向かい合うのが何だか急に照れくさく感じられて、日夏は逸らした視線でじっと自身の爪先を見つめた。その視線を拾うように、伸びてきた一尉の手が日夏の前髪を一筋すくう。

「――夢かと思った」

そう言いながら一尉が何度も前髪を撫でる。そのくすぐったい刺激に耐えながら、「夢だったらどうするよ」と日夏はようやく視線を持ち上げた。

濃く澄んだ藍色の瞳。こうして見ているとこれは湖の深さじゃないなと思った。

（海だ…）

深海のような奥行きがその向こうに広がっているような錯覚がある。このまま見つめていたら本当に吸い込まれそうな気がして、日夏はまた慌てて視線を逸らした。それを咎めるように前髪をツンと引っ張られる。ふいにその手がするりと下って日夏の唇を撫でた。

「夢じゃない証拠が欲しいんだけど」

「………っ」

催促《さいそく》するようなその仕草に耐えかねて日夏が目を上げると、いつのまにか近づいていた一尉の瞳がすぐそこにあった。ベッドに起こした半身を右手で支えながら、左手が日夏の頬に伸びてくる。

（ほら、やっぱり引力に逆らえない…）

林檎が地に落ちる道理のように、日夏は気づいたら唇を重ねていた。

一尉とはこれで三回目のキスなのに、まるで初めてみたいな気持ちになる。

（ああ、でも本当にファーストキスかも――）

能力を使う以外で誰かと唇を重ねるのはこれが初めてだった。

「光栄だね」

試しにそれを一尉に言ってみたら、満面の笑みを浮かべられたので逆に日夏の方が恥ずかしくなってしまった。そのうえなんだか変な空気が漂いはじめたので、それを打破するべく、「なあ…」と日夏は努めて声のトーンを低くした。パイプ椅子に腰掛けたまま、浮かせた足を前後に交差させながら唇を尖らせる。

「何？」

「今朝のことだけど、なんでババアの車から降りてきたわけ？」

「ああ…」

元はといえばあんなシーンを目撃しなければ、もうちょっとすんなりこのハッピーエンドに落ち着けていたような気がするのだ。一尉に向けられていた祖母の親しげな表情——あの面持ちからも、その対面がすでに回数を重ねていることは充分窺えた。

あんな場面を見て誤解するなと言う方が難しいだろう。

「見た通りだよ。君を手に入れるために手回しをちょっとね」

「手回し？」

「言ったろ、俺エゴイストなんだ。欲しいものがあると我慢できなくなる性質でね。君の答えがイエスでもノーでも逃がす気はなかったんだ」

世にも不穏なことをさらりと言われて、さすがに一瞬気が遠くなりかけた。

「な…」

「というのは嘘で、振り向かせる自信があったからね」

またもあっさりとそんなことを言ってのけて、一尉が鮮やかな笑顔を浮かべる。

(どうもこいつは油断がならない……)

「それも半分嘘だろ？」

試しに鎌をかけてみると、「ウン」と肯定の言葉が返ってきて、日夏は思わずこめかみに指を添えた。もしかしたら自分は選択を誤ってしまったのかもしれない——。

「……おまえ性格悪いだろ?」

「それたぶん、いまさら」

寸分も表情を乱さず、笑顔のままそう言いきられてしまってはもはや返せる言葉もない。

(ホントにな)

重い溜め息が口から零れるも、自分の口元が笑っているのも自覚済みだ。

「三十日は一緒に過ごそう」

一尉の言葉に頷く代わり、日夏はもう一度唇を重ねた。


言葉通り誕生日は一日中——それこそ朝から晩まで、日夏は一尉とのセット行動を余儀なくされた。月曜だというのに振り替え休日だったせいで、午前中は神戸の『椎名』家関連の筋に挨拶回りにいかされ、午後は新幹線で東京に戻り、『吉嶺』家関連の挨拶回りをさせられたのだ。この辺りのすべての段取りは一尉と祖母との間ですでに話がついていたらしく、日夏は何も知らないまま西と東とを奔走《ほんそう》させられるハメになった。

とりあえず今回は顔見せ程度の挨拶回りだったらしいので、また正式な場がそれぞれに設けられるのだろうが——早まったかもしれない、と日夏はまた少しだけ思い悩んでいた。

日夏と一尉の『婚約』は、予想通り魔族界にセンセーショナルな話題をもたらした。週末にはすでに漏れていたその事実のおかげで、今日までの数日間でいったいどれだけの好奇と羨望の集中砲火を浴びせられたことか。

（マジで早まったかも…）

周囲としては日夏が一尉に嫁ぐということよりも、一尉が日夏で手を打ったことに対して関心があるらしく、「家柄以上にあのカラダに何か秘密があったのではないか」と邪推《じゃすい》する者も多かった。要するにたらし込めるだけの何かがあの体にはあるはずだと、いつにも増して色メガネ越しの視線を日夏はここ数日ずっと注がれてきたのだ。

中でも閉口したのは、外野《がいや》だけに留まらず『椎名』『吉嶺』の内部にもそういった視点があることだった。一尉がずいぶん庇ってくれてはいたが、それが余計に無節操な輩の好奇心に火を点けるらしく、一尉の母方の叔父《おじ》に「不倫」の約束まで持ちかけられた時は本当にどうしようかと思ったものだ。

それを打ち明けると静かにキレた一尉が叔父に何事か囁き、それからは直接粉をかけられることはなくなったのだが——一尉があの時、何を言ったのかは恐らく知らない方が賢明なのだろう。

そういったやり取りだけでも気が休まらないというのに、それにも増して厳しかったのは半陰陽とはいえヒトとのハーフに優秀な種を持っていかれたと、憤る女性陣からの視線だった。

（女の嫉妬ってマジこえーのな…）

ここ数日でずいぶん世の中の裏側を見てしまったような気分だ。

「疲れ、た……」

夜になって一尉のマンションに辿り着いた時には、日夏は文字通り疲れきっていた。

アカデミーから帰って以来、一尉は代官山《だいかんやま》からほど近いこの部屋で一人暮らしをしているのだという。誰の視線を気にすることもない環境にようやく逃げ込めて、日夏は心底安堵の息を吐いた。

「お疲れさま。薬はどうする？」

豪奢な黒い革張りのソファーに死んだように横たわる日夏に、一尉がタブレットケースとミネラルウォーターを持って歩み寄る。

「それともヒーリングがいい？」

微かに頷いた日夏の意志を汲《く》んで、一尉が毛足の長いラグに両膝を折った。自分ではもはや指先すら動かせないほど重くなった体を、ソファーの座面で仰向けに反転させられる。

（あ、気持ちいい…）

ひんやりと心地いい感触の手が、微熱で火照った額に乗せられた。途端に触れたところから、何かを吸い出されていくような感覚がある。

ややして薄く視界を開くと、瞳の色を紺色に変えた一尉の横顔が見えた。

治癒能力を使われるのはこれで今日、三度目だ。一度目は行きの新幹線で、二度目は新神戸へと向かうハイヤーの中で。そのたびに削られるだろう魔力を気にかけるふうもなく、一尉は祖母の用意した親戚筋から拝借《はいしゃく》した力を惜しげもなく使ってくれた。そうでもなければとても今日の強行軍に体がついていかなかっただろう。すでに薬では効力が追いつかないほどに、日夏の体調は最悪のコンディションに陥っていた。その理由は明白だ――この体は今日で一つの節目を迎えるのだ。

「ん……も、平気…」

ある程度まで回復したところで、一尉の手に片手を乗せて能力の停止を促す。けれどその制止を聞かずに、一尉はやんわりと日夏の手を外すともう一度額に冷えた手を乗せた。

「ここで抜いておかないと明日に響くよ」

「でもおまえに負担が…」

「平気だよ。そこまでヤワじゃない」

サラブレッドならとっくに音《ね》を上げて倒れるほどの魔力を使っておきながら、一尉の顔には疲労の欠片も見られない。これだけの長い行使に耐えうるのも、やはり一尉がハイブリッドだからだろう。

半分ヒトが入っている日夏に比べれば、潜在魔力量も相当のはずだ。後から聞いた話では、時間操作系はほんの数秒使うだけでも魔力とともに体力と気力とをかなり削られるのだという。それを連続して二十回以上使える魔力となると、サラブレッドからすれば底なしにも思えるだろう。

無謀としか言いようのないあの放課後バトルの試みも、けっきょくは一尉の経歴にさらなる箔《はく》をつけたに留まっている。

「なんか、体浮きそう……なんだけど…」

あんなに重かった体が劇的に軽くなっていくのが実感として解る。硬いソファーに通常の倍の重力で沈んでいたかのような体が、いまは緩く手を振っただけで宙に浮き上がりそうだった。

「それはたぶん、熱のせいだと思うよ」

一区切りついたのか、日夏の傍から離れた一尉が今度は体温計を手にして戻ってくる。言われてみればば確かに、さっきよりも視界がぼやけているような気がした。差し出された体温計を受け取ろうと、手を持ち上げただけでくらりと視界が揺れる。

「あ、れ……？」

ピントの合わないカメラを覗いているみたいに、目に映るものすべてがゆっくりと輪郭《りんかく》を失っていった。と同時に、爪先と頭の天辺《てっぺん》にポッと火が灯ったような感覚があった。

(何、これ…)

ロウソクの芯をゆっくりと燃やす炎のように、それが上と下から少しずつ体の中央へと移動していく。皮膚の一枚下で発火しているような熱がじわじわと動いていく感触は、まるで内側から舌先で体を舐められているような感触だった。

体中が熱くて堪らないのに、寒気にも似た何かがゾクゾクと背筋を滑り降りる。

「熱…い……」

「ヒートが本格化してきたかな。半陰陽はきっちり十六年で成熟するんだってさ。君は夜生まれだって聞いてたから急いでこっちに帰ってきたんだけど、間に合ってよかったよ」

「これ、ヒート…？」

「そう。半陰陽は発情が遅れる分、最初のヒートがきついんだって」

「んなの、聞いてな…」

「君は本当に自分の体には無頓着だね」

熱くて堪らない体を自分で戒《いまし》めてやり過ごしたいのに、ほんの少し腕を上げただけで波間で揺れる小舟に乗っているかのようにぐらぐらと視界がぶれる。結果、日夏は硬いソファーの端に片手で縋ることしかできなかった。

「これ、ヒーリングでどうにか…っ」

「ごめん、ならない。これは身体機能の変化だから治癒の余地がないんだ」

じんわりと体を伝い落ちていた炎が、心臓を下って鳩尾を滑る。同じように下から這い昇ってきていた熱が内腿にチリっとした感触をもたらした。

（あ、まずい…！）

と思った時にはもう、下からの熱が局部に到達していた。その途端、両脚が跳ね上がるほどの快感が爪先まで駆け抜ける。

「あァ…ッ」

その一瞬後に上半身の炎がゾロリと性器を舐めた。一度では収まらない衝撃が何度も局部を襲い、びくびくと日夏の体をソファーの上で波打たせる。達してしまったのかと思うほどの快感が、頭の天辺から爪先までを何度も駆け巡った。

「日夏？」

頬に触れられただけで、背筋がまたゾクリとする。

「あ、ダメ…っ」

そのまま目元を撫でられて、すでに痛いほど張り詰めていた先端からくぷっと粘液が溢れるのが解った。触ってもいない刀身が絶頂を迎える寸前のように硬く、反り返っている。衣服に阻まれて思うように解き放てない熱情が、よけいにもどかしく体を追い詰めていた。

(何なんだよ、これ…)

なりふり構わずにこの劣情を解放してしまいたい——…。欲情で灼けたナイフに、理性を無造作に切り裂かれているような錯覚があった。なのに自分では指先一本、動かすだけで眩暈がする。

「ヒート時はいつもの倍近く、体が敏感になるんだよ」

日夏の体の変化をどこまで解っているのか、一尉が乾いた日夏の唇を指先で辿った。目の裏が弾けるような快感が立て続けに日夏の体を痙攣させる。

「んン…っ、ぁ…っ」

自分ではどうしようもない感覚が、怒涛《どとう》に意識を押し流そうとしていた。

「い、ち……ィ…」

痺れた舌先で必死に一尉の名を呼ぶと、優しい仕草でまた唇をなぞられた。けれど却って凶悪なほど快感をそこからあちこちに派生させる。

「やっ、あァッ」

いままで経験したことのない荒波のような快楽が、何度も自分の意識を攫いそうになるのを日夏は唇を噛んでどうにか堪えた。口中にじわりと血の味が広がる。

「ダメだよ、日夏」

それに気づいた一尉の指が、噛み締めていた日夏の唇を解いて進入してきた。それだけの刺激で、またトロリ…と先端から先走りが溢れる。口腔内を指で擦られる感覚が、露出した先端の割れ目を指で弄られる想像に同調した。

「あ、ァ…っ」

いまだかつて、これほどの性衝動に襲われたことはない。どうすればこの狂おしい熱を解放できるのか、解らなくて涙が溢れる。

「——楽になりたい？」

一尉の声がきちんと音声として聞き取れていた自信はない。ただ体中で猛《たけ》り狂うこの感覚をどうにかして欲しくて、日夏は苦労して何度か首を前後に動かした。顎先を震わせながらの首肯《しゅこう》に、一瞬辺りの空気がざわりと揺れたような気がした。

「じっとしててね」

言われるまでもなく、動けるだけの体力がもう日夏には残っていない。ただ頷いただけでそのほとんどを使いきってしまったような気さえしていた。

「あぁぁ…ッ」

だが数秒後には日夏の全身をまたひどい痙攣が襲っていた。

服の上からただ摩られただけで、刺激を待ち侘びていたソコが簡単に爆《は》ぜる。下着に圧迫されたまま吐き出す快感は、いつもより長く日夏の身を苛《さいな》んだ。

「んっ、ン…ッ」

放出している間も服の上から屹立を撫で摩られて、ガクガクと震える体がソファーの上でのたうつ。なかなか終わらない快感に、日夏は指の関節が白く浮き立つほどに革張りの背凭れをきつくつかんだ。

「たったこれだけで――…すごいね」

感嘆に満ちた一尉の言葉に耳を貸す余裕などどこにもない。

ようやくイき終えた過敏なモノを緩く撫でながら、一尉が日夏の下肢をゆっくりと寛げていく。一尉の手が動くたびに、ビクビクと腰が前後に揺れた。

(これ…が、ヒート……?)

荒い呼吸に胸を喘がせながら、ほんの僅かだけ残っている思考力で事態を把握しようとするも、それは無駄な抵抗に終わった。

「ヤ…っ」

下着を抜かれて露になった無防備なソコに一尉の指が添えられる。霞《かす》んだ視界に、白濁《はくだく》で濡れたモノを躊躇いもせず口に含む一尉が映った。

「――…ッ」

悲鳴が声になるだけの余裕がもうない。ただ無音で喉を喘がせながら、日夏は一尉の舌に舐《ねぶ》られて灼けつくような快感の坩堝《るつぼ》に叩き落されていた。

一度達して半勃ちになっていたモノの先端を、舌先で探られて皮を剝かれる。露出した鋭敏な箇所にざらりとした感触を感じて、日夏のモノはまた一息で勢力を取り戻した。ひっきりなしに滲む粘液を少しも逃すまいと縦目をなぞる舌が、酷な快感を日夏の体に刻み込む。

半開きになった唇が酸素を求めて震えるのを、伸びてきた一尉の指がそっと慰めた。たったそれだけの刺激にも涙を散らしながら、日夏は何度も下肢を波打たせる。

「……ッ、ふぅ…ッ」

とっくに達していておかしくないほどの快楽に見舞われながら、日夏の体はいっこうにその熱を解放しようとはしなかった。ほとんど絶頂に近い瀬戸際《せとぎわ》まで追い詰められながら、そこから飛び降りることも引き返すこともできない崖《がけ》っぷちで際限なく嬲《なぶ》られる。

(な、んで……っ?)

涙で濡れた視界に、瞳を紺色に変えた一尉の横顔が見えた。それが何を意味するのか、考える余裕もなくひたすら強いられる快楽に涙で詰まった声を嗄《か》らせる。

「いいよ、イッて」

一尉の言葉に放出を許された時には、日夏の意識は半分以上飛びかけていた。生理的な衝動に何度も腰を突き出しながら、強烈に吸い上げられる感覚にガクガクと足先までが震える。長かった責め苦にようやく終止符を打たれて、日夏はぐたりとソファーに沈み込んだ。

「これで少しは落ち着いたかな」

こんな状況だというのに妙に冷静な一尉の声を聞いて、日夏は熱に浮かされていた頭の隅が急激に冷めていくのを感じた。ぜえぜえと胸を喘がせながら、ずいぶん明瞭《めいりょう》になった視界で薄く微笑む男に睨みを利かせる。

「てめえ、いったいどうゆう…」

「ヒートの熱を治めるには放出するしかないんだよ。さっきよりは楽になったでしょ？」

「え？　……あ」

確かに体中で暴れ回っていたあの衝動はほとんどなりを潜めていた。——とはいえ、ふとした拍子にまた再燃しそうで油断はならないのだが、それでもこんなふうに会話ができるほどには意識も理性も回復していた。同時に我に返ったおかげで、湧き上がってきた羞恥心が日夏の頬を真っ赤に染めていた。ヒートに煽られていたとはいえ、自分は一尉の口でイかされてしまったのだ。

（最悪…）

少し身じろいだだけでも革張りの表面を肌が滑る。見れば腰を中心に黒い表面がてらてらと照明の光を反射していた。点々と飛んだ白濁がいまにも床に滴ろうとしているのも見える。こんなに濡れるほど我慢させられたのだ、と目視《もくし》してしまった理性がよけいに日夏の頬を熱くさせた。

「……ヤバイ、恥ずかしくて死ねる」

両手でぴっちり顔を覆うと、日夏は一尉の興味深げな視線を逃れた。さっきまでとは異なる熱が両頬から体のあちこちへと飛び火していくのが解る。いまにも発火しそうな、これは羞恥の炎だ。

「大丈夫?」

「つーか、おまえが平然としてるのがよけい恥ずかしいんだよ…!」

「そう? 俺はすごい楽しかったけどね」

「楽しい、って…」

「口でされたことはあったけど、するのは初めてだったから新鮮だったよ。ああ飲んではないから安心して、って言うのも変かな?」

「——おまえさ、ちょっといっぺん死んできてくんない?」

胡乱な眼差しを掌から上げると、柔らかい笑みがすぐそこで綻んでいた。

(あーもう、悪役ならヒールに徹してくれっつーの…!)

そんなに穏やかな表情を見せられたらもう何も言えないではないか。日夏は軽く息をついて諦めると、改めて自分の下半身に目をやった。まったくもってそこはずいぶんな有様だ。

いまがまだ小康状態であることを知らせるように、性器はまだ完全には萎えていない。上半身に纏いつくワイシャツも、暴れたおかげでずいぶん乱れていた。そのの隙間からのぞいた桜色の肌が呼吸に合わせて上下に揺れる様は、自分で見ても酷く扇情的《せんじょうてき》な画に思えた。なのに——。

「バスルームの仕度《したく》はもうできてるから、先に入って寝なよ。今日は疲れたろ?」

穏やかな手つきが汗に濡れた日夏の前髪を撫でる。繋いだ視線の向こう側にも、見慣れたあの気配は見あたらない。いままで散々、欲情で濡れた目で見られることに抵抗を感じていたというのに、いまは一尉の目にその色がないことが少し悲しかった。

「おまえは…」

「え？」

ソファーの傍ら、ラグマットに足を伸ばして寛いでいる一尉に、日夏は小さな声で訴えた。

「おまえは俺に欲情しねーのかよ…」

羞恥のあまりに頓死《とんし》しそうな惨状を晒しているというのに、怒りや後悔が湧き上がってこないのは相手が一尉だからだ。そうでなければとうに相手の息の根を止める算段を脳内に巡らせているところだ。ただそんな思いを抱いているのが自分だけ、という状況はあまりに虚しい。

(俺がこんなんなってるの見て、おまえはどうも思わないのかよ)

もしもそれを肯定されたら──この先一緒にやっていける自信が一気に崩れそうな気がした。

「どうなんだよ…？」

いつになく必死な色合いを見せる日夏の眼差しに、一尉は伏せ目がちに答えを返した。

「したよ。っていうか、現在進行形でしてる。眩暈しそうなぐらいね」

「だったら…」

「──いいの？　いま理性で抑え込んでるんだよ。衝動を解放したらどうなるか、自分でもちょっと解らないんだ。初めての君に何を強いるか……責任持てない」

たぶん日夏の理性が正常に働いていれば、一尉の言葉はきちんとブレーキになってくれていただろう。だがもうこの体はさっきからアクセルを踏みっ放しなのだ。

「いいよ…だからちゃんと続きを…っ」

言い終わらないうちに言葉は唇に吸い取られていた。唇を開いて舌を絡めても治まらない衝動が、また体中に火をつけて回る。羞恥の火を凌駕《りょうが》してやまない欲情の炎を。

「ん…っ、ぅン…」

キスを続けながら服を脱がそうとする手つきに応えて、日夏も一尉の服に手を伸ばす。指が滑って外れないボタンをもどかしく弄っていると、合わせた唇の奥で低く笑うのが聞こえた。キスだけで頭の回路が何本かいかれてしまったような気がする。ようやくすべてのボタンを外し、一尉の素肌に触れた時にはすっかり息が上がっていた。荒く上下する日夏の細身に一尉の腕が回される。

「移動するよ」

「わ…っ」

ひょいと抱き上げられた十秒後には、日夏は背中に冷たいシーツの感触を感じていた。薄暗い部屋の端に安置されたベッドが二人分の体重で軋む。

「ところでどういうのがお好み？」

「……よく解んねーけど、とりあえず痛いのはＮＧ」

「解った。優しくするから」

所在なさげにベッドに横たわっていた日夏の体に一尉が覆い被さった。首筋に舌を這わされて、ビクリと体中が反応してしまうのを自分では止められない。

「くすぐった…っ」

「でも、それだけじゃないでしょ?」

耳のつけ根をねっとりと舐められながら、右の内腿をそっと撫でられる。反射的に脚を閉じると、それを咎めるようにいきなり中心をつかまれた。

「あぁ…ッ」

「——本当に初めてなんだね」

「わ、悪いかよ…ッ」

「まさか。光栄だよ。この体を好きにしていいのが俺だけだなんて昂奮《こうふん》する」

キスしか知らない体を、一尉は丹念《たんねん》に少しずつ開いていった。

「う……ん…ッ」

中も外もローションでどろどろにされたソコを一尉の指がゆっくりと掻き回す。差し込まれた指がある一点を掠めるたびにピクンと必ず腰が揺れるのを、一尉はずいぶん長い間見ないフリをしていた。そうやって焦らされることで、体が中への刺激を少しずつ切望しはじめる。

完全に勃ち上がってからは一度も触れられてない屹立が、立てて開かされた脚の間でひくひくと物欲しげに首を振っていた。

「あっ、ぁ…」

やがて一尉の指がわざと前立腺《ぜんりつせん》を引っかけるたびに、先端からトロリと透明な粘液が垂れ出るようになった。三本の指でポイントを押し込むようにされると、途端にピュッと僅かな白濁が飛ぶ。続けてぐりぐりと押しつけるように探られると、鼻にかかった悲鳴がシーツの上に撒き散らされた。だが『感染《インフェクション》』でセーブをかけられているので、どんなに感じても達することは叶わない。

「あ、あ…ッ、ァあッ」

くり返される悪魔のような仕業に、一度はやんでいた涙がまた日夏の顔をしとどに濡らしていた。開きっ放しの唇からは飲み込みきれない唾液が溢れ、シーツと咥え込んだ自分の指とをびしょ濡れにしている。ローションと先走りにまみれた下肢も、さっきからひっきりなしにクチュクチュと粘性の音を立てていた。

「もう、や……だ…」

絶え絶えの息ではそれだけ呟くのが精一杯だった。

あれからどれだけの間、ぬるま湯のような快楽漬けにされていることか。そしてこれからどれだけの間、こんな強烈な快感で苦しめられるというのか——考えただけでまた腰が震えた。

「う…っ、くぅ…っ」

「日夏、イイコだからもう少し我慢して。拓《ひら》いておかないと君が辛いんだ」

中のしこりに軽く爪を立てられて、日夏はビクビクと体を痙攣させた。先走りがどんどん白みを帯びていく。『感染《インフェクション》』を使う紺色の眼差しが、間近でつぶさにその様を観察していた。きちんと限界を計りながらの責めが、初めての日夏の体を圧倒的な快楽に染め上げていく。

「日夏――？」

無体《むたい》な愛撫で消えかけた意識を取り戻すために、一尉はさらに非情な手段に出た。

「ヤァ……ッ」

震えていた屹立を前触れなく含まれて、舌先で舐られる。達せない体にはいっそ拷問《ごうもん》と変わらない仕打ちだった。先端を舌で責められながら、余った手が幹を擦る。そのまままきつく吸い上げられて、日夏の華奢な腰が何度も前後に揺れた。

（もうやだ…イキたい…）

頭の中にそれしか浮かばない。しばらくして唇を外された時には、外気に触れただけで感じるほどに充血で先端が色を変えていた。先走りが伝い落ちる感覚すら、軽い絶頂を日夏にもたらす。

くちゅ、という濡れた音が内部の感触と同調して日夏の鼓膜を侵した。中に入っていた指がようやく抜かれる。

「ここまではまだ前戯だよ」

一尉の告げた事実に気づけないほど、日夏の意識が飛んでいたのはむしろ幸いだったのかもしれない。宛《あて》がわれたモノの質量に気づけなかったことも。だがそれを見越して解《ほぐ》されていたソコは、時間がかかりながらも一尉の先端を大きく口を開けて呑み込んだ。内臓を押し上げられるような圧迫感に、日夏の額にうっすらと汗が浮かぶ。

「んっ、ぁ…」

「大丈夫だから、力を抜いて」

耳元で囁かれると、途端に下肢の力が抜けていく。

時間の経過とともに少しずつ乾いていくローションを足しながら、一尉は最後まで焦らずにゆっくりと自身を日夏の中に収めた。入れられただけで体力を使いはたしたように、ぐったりと力の抜けた日夏の体を、頃合を見てそっと抱き上げる。

「全部入ったよ」

「う、ア…ッ」

汗でしっとりと濡れた細身を両腕に抱くと、一尉は対面座位で繋がったまま、しばらくの間すべての動きを止めた。より深くなった結合に日夏の体が順応するまで——。首筋に唇を寄せながら、互いの息が少しずつ鎮《しず》まっていくのを待つ。

やがて意識がはっきりしてきたのか、日夏の手が意志をもって一尉の背中に回された。

「平気？」

「なわけ…ねーだろ……」

（おまえ、俺初めてだっつーのに…どんだけ無理させる気だよ……っ）

少しでも動くと、きちきちに詰められているモノが中で擦れて吐き気を催しそうになる。慣れない感覚に少しだけ前が萎えたおかげで、日夏はやっとまともな意識を取り戻すことができたようだ。

「辛いならここでやめようか？」

「おまえそれ、本気で言ってんのかよ…」

「……ごめん、嘘ついた」

自分と同じく汗に濡れた首筋に両手を回すと、日夏は一尉の胸に自身の体を密着させた。自分の動きに合わせて、硬い存在が体内を穿つ。相手のモノがこんなになるほど求められている、という感覚は悪くない。でもそれは一尉だから、こんなにも嬉しく思えるのだろう。

「いいよ、動いて…」

吐息交じりの囁きを零すと、日夏は新たな刺激に耐えるべく一尉の首筋にさらに縋った。下から揺らされる感覚に合わせて、浅く吸った息を吐き出す。ローションで滑りのよくなっている内部を、一尉のカタチがゆっくりと上下するのを目を瞑って感じる。

「大丈夫？」

「なんか…変な感じ……」

「少し膝を立ててみて」

言われるまま、あまり力の入らない膝をシーツに立てる。ずるっと半分ほど抜ける感覚に、日夏はきつく唇を噛み締めた。腰骨に手を添えながら、一尉がゆっくりと中を突き上げる。エラの張った先端がぐりっと前立腺の上を通過していった。

「あ…ッ」

「しばらくそのまま頑張れる？」

（そんなん無理…っ）

刺激で崩れそうになった体を、首筋に絡めた両腕で必死に支える。だがくり返される責めに思わず膝が滑りそうになると、一尉は日夏の腰をつかんで宙に固定させた。巧みな腰さばきで何度もポイントを穿たれて、そのうちわけが解らなくなってくる。

「あっ、あ…ッあ…っ」

溢れ出す体液が止まらず、上からも下からも濡れた音が響いていた。限界まで育った日夏自身が、体と体の狭い隙間に挟まれてさらに粘液に塗《まみ》れる。

「あ、ダメ…っ」

腰から外れた片手が屹立に添えられるのを、日夏は激しく首を振って抵抗した。こんな状態で弄られたら、それこそ気が狂いそうな気がした。だが一尉の手は止まらない。

「アぁ――…ッ」

律動に合わせて擦られると、それだけで絶頂感が全身を駆け巡る。充血して濡れそぼった先端を弄られながら、日夏は新たな涙を一尉の首筋に散らした。

（もう、なんでこんな焦らすんだよ……ッ）

日夏の胸中の叫びなど届かないように、一尉は輪を作った指で瀕死《ひんし》寸前の日夏のモノを弄びながら少しずつ抽送《ちゅうそう》を深くしていった。

「ひっ、あっ、ア…ッ」

次第に激しくなるストロークの音に日夏の断続的な悲鳴が混じる。上下の動きに合わせて前を扱かれると、飲み込みきれなかった唾液がたらたらと唇の端から溢れた。扱かれながら一番弱いところに爪を立てられて、涙が散る。

「ココがいいんだよね」

「やっ、やだ…ッ」

普通はこれだけ弄られれば次第に感度は落ちていくものなのに、日夏のモノはいまも磨耗《まもう》することなく鋭敏な快感をだらだらと吐き出していた。

「それからこの内側も弱いんだっけ」

「あぁ…ッ、あ…っ」

ずいぶん前から射精寸前に追い込まれて、びしょ濡れになっている縦目に指を這わされる。粘液に塗れたソコがいつもより口を開いているのを知ったうえで、押しつけられた指がじりじりと前後にスライドをくり返した。

「……ッ、——…っ！」

声もなく痙攣する体を片手で抱えながら、一尉がさらに突き上げをきつくする。

「ふ…ッ、ン…っ、う…っ」

「――ごめんね…」

悲鳴に嗚咽が交じりはじめたのを察すると、一尉は少しだけ律動を緩めた。前を翻弄していた指戯を先端を包むだけの愛撫に変えてから、ひっきりなしに日夏の頬を流れる涙を舌で舐め取る。

（もっ……イカせ、て……）

視線だけで必死に訴えるも、日夏の懇願はあっさりと却下されてしまった。

「ダメだよ」

「な…っ」

「イイコだからもう少し我慢して…――君のためなんだ」

後孔を解していた時と同じフレーズを口にしながら、一尉がラストスパートにかかった。

「もぅ、や…っ、ヤだ…ッ」

「じゃあ、前みたいに少しずつイこうか」

一尉の言葉にピクンと反応を返した日夏のモノが、たら…たら…と白濁を零しはじめる。

それを上からぐりぐりと擦られながら前立腺をピンポイントで抉られる快感に、日夏は瞼の裏がホワイトアウトするのを感じた。

「あぁァ…ッ」

とっくに限界を超えた快感に、泣き叫びながら日夏が三度目の吐精を終えたのは、それから数分後。

――そして、こうまで焦らされた理由を知ったのは、さらに数時間後のことだった。

「う…っ、ん…ッ」

一尉のデスクに置いてある時計が、日付が変わったことをピッと電子音で知らせる。

ベッドに仰向けで開いた脚の間に一尉を受け入れながら、日夏は緩やかな律動に声が零れそうになるのをシーツの端を噛んで堪えていた。

「…っん……ぁ…」

少しずつ激しくなる突き上げが何度も最奥《さいおう》を穿つ。

やがて熱い奔流が放たれる感覚に日夏は思わず声を上げた。

「あ、ぁ…ッ」

なかなか終わらない放出が最後には日夏から声量を奪って、また喉を喘がせるだけの悲鳴に変える。

十六度目の誕生日を迎えて、日夏の体はようやく『成熟』に達したらしい。目に見えるほどの違いはないけれど、それは確かに日夏の体に変革をもたらしていた。

熱くて堪らない体は、一尉を受け入れてからすでに二度達している。なのにまるで衰《おとろ》える気配のない欲情が全身をいまも支配していた。きりのない欲望がまた無意識のうちに一尉を締めつけてしまう。

発情期の恐ろしさを日夏は身をもって体感させられていた。

幾度目かの頂点を越えたところで、ようやく意識が日常レベルにまで戻ってくる。

「なあ…」

「何？」

「ヒートって、毎回こんな感じるもんなの…？」

両腕で顔を覆いながら、息も絶え絶えに声を紡ぐと、一尉からは予想外な返事が戻ってきた。

「そうだな。初めてのヒートってのもあると思うけど、相乗効果もあるかもしれないね。俺も昨日からちょうどヒートだから」

「あ、マジで…？」

「うん。だからあんまり手加減できなかった、ごめんね」

「ん…っ」

まだ少し固いモノが動いて、中に溢れていた白濁が一緒に引きずり出される感覚に耐える。

「うわ、中ドロドロだね。俺も何回出したのか覚えてないや」

「そーゆこと、いちいち口に……ンっ」

「困ったな。そんなに締めつけられたら、抜きたくなくなるんだけど…」

「バカ、早く…っ」

「しょうがないな、力抜いて」

濡れた内腿を指で辿られながら囁かれた言葉に、体が素直な反応を返す。

「あっ、ぅ…ン」

ようやく自分を苦しめていた質感から逃れられて、日夏はふうと大きく息をついた。もう入ってい

ないにもかかわらずまだそこに在るかのように感じられるのは、あれから数時間かけて一尉のカタチに馴らされきったからだろう。

（ん？　いや、ちょっと待てよ…）

先ほどの一尉の言葉に何やら穏便でない台詞が含まれていたような気がして、日夏は手の甲で唇回りの唾液を拭いながら見る見る表情を曇らせていった。

（おまえもヒートだったたって……？）

魔族の体は双方が発情期でない限り、生殖活動には励めない。

「——てめえ、散々中出しといていまさらヒートだとか言ってんじゃねーよっ！」

「え、なんで？」

「バカ！　妊娠したらどうすんだよ！」

一気に青褪めてしまった日夏に、隣に並んでいた一尉が虚をつかれたように目を丸くする。

「え、しないよ。まさか半陰陽の『変化』条件知らないの？」

「条件？」

そう聞き返した自分の顔がよほど間抜けに惚けていたのだろう。一尉は溜め息をつくのも面倒だ、といった顔で片目を眇めると、日夏の首筋にまで飛んでいた白濁をそっと指先で拭った。

「自分の体のことなんだから少しは知っておきなよ。何のために射精制限したと思ってるの？」

「えっ？」

（つーか、意味あったのかよアレ…！）

てっきり一尉の趣味なのかと辟易していたのだが、どうやらそういうわけではなかったらしい。

「半陰陽と言っても魔族の場合は、一般的な概念の『両性具有』とはちょっと異なるんだよね。体の外観はまったく変わらないし、他性の機能を有すると言ってもほんの一部だけだから。雌体の場合はまだしも、雄体の場合は排卵、受精までが精々かな」

「そうなの？」

「妊娠までのメカニズムは簡単なんだけどね。外観は変わらないんだから、男の場合は受け入れるところが一つしかないでしょう？『変化』を起こすと中が一時的に作り変わって、受け入れた精子をプールする箇所ができるんだよ。ヤッてる最中にこの改変が起きると、入れてる方はすごいイイらしいけど」

「……マジかよ」

開いた口を塞ぐのも忘れて、日夏は顔を顰めながら続く一尉の講釈を聞いた。

「妊娠した雄体の話は身近に聞いても、出産した雄体の話ってのは聞いたことないでしょう？そこまでの機能は雄体にはないんだよ。妊娠後ある程度経ったら、受精卵は他に移さないといけないんだ。その辺りの説明はまたの機会があったら話すよ」

枕に頬杖をついてこちらを見ている一尉に、日夏は仰向けのまま隣から胡乱な眼差しを向けた。

「つーかおまえ、異常に詳しくない…？」

「調べたに決まってるじゃない。君と結婚する以上、他人事《ひとごと》じゃいられないからね」

（さすが、っつーか…）

結婚だとか妊娠だとか、日夏の中ではまだそれらのことは文字以上の意味を持たないのだが、一尉はもう現実的なこととして捉えているのだろう。今日のような挨拶回りの段取りだとか、他の面倒な瑣末《さまつ》事は全部任せておけばいいやとも思うが、さすがに妊娠がどうたらというのはまさに自分事なのでそういうわけにはいかない。

（ダメだな、やっぱちゃんと自分で知っておかないと…）

いままでは見たくない知りたくないで済ませてきたが、今日からはそうもいかないのだ。他でもない自分の体のことなのだから、やはり最低限のことは弁《わきま》えておかねばならないだろう。

「じゃ、移さなかった受精卵はどうなんの？」

手はじめとしてさっきから気になっていたことを訊ねると、ふいに一尉の目元に翳りが入った。

「ちょっと怖い話になるけど、それでも聞きたい？」

「いや、遠慮します…」

にわかに青褪めた日夏の頬に、一尉のひやりとした掌が宛がわれた。

「大丈夫。不安な思いはさせないから」

（うう、わ…）

一尉がこちらに身を乗り出してきた——と思った時には、もう額に口づけられていた。

ただそれだけで急速に安心感を覚える自分に戸惑いつつ、気恥ずかしい思いを蹴散らすように日夏は慌てて体を反転させた。赤くなった顔を枕に埋めて、どうにか一尉の視界から逃れようとするも。

「わあ、すごい。耳まで真っ赤」

熱を持った日夏の耳朶《じだ》に、一尉の冷えた指がひんやりと触れてきた。

「触んな…ッ！　それでっ？　変化の条件って何…っ？」

「ああ、雌体の場合は三日以上の禁欲だったかな」

「雄体は？」

「――知りたい？」

意味深な口調で切り返した一尉に、日夏は心底から嫌な予感を覚えた。あんな制限をかけられていたことを考えれば、それがろくでもない条件なのは解りきった答えだ。

「イイ、やっぱ聞きたくな…」

「中身をね、完全に空にすることだってさ。その時点で体が排卵の準備に入るんだって。限界までイくのって辛そうだよね」

「………！」

ちらりと目線を投げると、満面の笑みを浮かべた一尉と目が合った。

「いつか、そういう目に遭わせてあげるよ」

などと優しく囁かれてもまるで嬉しくない。しかも日夏の能力を逆手に取れば、一尉にとってはそれぐらい造作もないことだ。今日の逆をやればいいのだから。

(冗談じゃない――……!)

いずれ訪れるかもしれないその日を思って、日夏は心の中で声にならない叫び声を上げた。

(世界が終わるなら、いまだ、いまいま……!)

けれどどんなに願ったところで、世界は終わらないし時も止まらない。

だからといってそれを気にやむことはないのだと、いまの自分はもう知っている。

流れる時間をどう使うかで、自分を取り巻く世界を「変える」ことならいくらでもできるのだから。

それを知ることで日夏はいくつかの欲しいものを手に入れることができた。

中でも一番欲しかったのは。

(――この藍色の眼差しかもしれない)

それがまた気紛れを起こして紺色に変わらないうちに。

「とりあえずその『いつか』まではよろしく?」

隙を見て顔を上げると、日夏は自分から一尉にキスを仕掛けた。

あとがき

はじめまして、桐嶋リッカと申します。

このたびは本作をお手に取っていただき、ありがとうございます。読んでくださった方に少しでもお楽しみいただければ幸い——たとえワンフレーズでも、何かお心に留まるものがあれば光栄に思います。物語的にはファンタジックな要素もあり、学園ものでもあり……はたしてどのジャンルにこの話が属するのか、書いた本人にもよく解らないような次第なのですが、願わくば内容でも楽しんでいただけますように。

今回この話を書くにあたって、モデルとしている地に何度か足を運びました。たいがい一人で、平日の昼過ぎにボンヤリしながらこういった現地取材に出かけるのですが、駅前でバスに轢かれかけたのもいまとなってはいい思い出です。キャラたちがいまここにいたらどんなことをしてるんだろう、と思いながら街を散策するのは楽しかったです。

実を言うと当初は、隼人を主人公に「ヴァンパイアとライカンの種族違いの恋」というプロットを練っていたのですが、諸事情ありまして今回のような「ハイブリッド二人の恋のエトセトラ」といった形になりました。いまとなっては日夏と一尉の話になってよかったな、と心から思っています。なにしろいざ書いてみたら、隼人の性格が予想外に天然。もしヤツを主人公に据えていたら、話の展開を制御するのがことのほか大変だったのではないかと思います（それはそれで楽しそうな気もしますが…）。

それにしても担当さまから言われてハッとなったのですが、この話に出てくるキャラでまともなのって日夏ぐらいですよね。一尉にしろ八重樫にしろ古閑にしろ、脇役に至るまでが身近にはいて欲しくないタイプばかりです。こういったアクの強い人たちは遠くから眺める分には楽しそうなんですけどね。こんなキャラたちに日々囲まれている日夏の苦労が忍ばれます…。まあ、当の本人はそんなに気にしてなさそうな気もしますが（そういえば隼人や八重樫の能力については本編の中で触れられなかったのですが、それぞれキングとビショップなのでそれなりの力を持っていそうですね）。

本編ではハッピーエンドに落ち着いた二人ですが、きっとその後もいろいろあったのではないか、と勝手に想像しております。なにしろ周囲が周囲なので——婚約の後もなかなか一筋縄ではいかなそうな気が致します。でもたとえ何があっても、あの二人なら乗り越えていってくれることでしょう。

これを書いているいま現在はもう、私が住んでいる辺りの桜はほとんど散ってしまっているのですが、今年はけっきょく花見に行けないままシーズンが過ぎてしまいそうです。

月並ですが、桜が咲くと「日本人でよかった…」としみじみ思ってしまうので、その感慨を堪能できなかった今年の悔いは来年ぜひ晴らしたいと思います。

本作がこのような形になるまでには、本当に様々な方にご尽力いただきました。筆頭は担当さまですね。的を射た助言や暖かい励ましの数々がなかったら、この話はプロットの時点で確実に挫折していたと断言できます。本当にありがとうございました。……という一言では言い足りないぐらいにいまもお世話になっております。ご迷惑・ご面倒もかけ通しで申し訳ありません。精進しますので今後ともどうぞよろしくお願いします。

それから挿絵を引き受けてくださったカズアキさまにも、なんとお礼を申し上げていいやら…。この話の世界にかくも流麗なイラストをご提供くださりありがとうございました。素敵な挿絵にそぐうような内容になっていることをいまは切に願うばかりです(ラフが届いてからは古閑のビジュアルにすっかりやられ、日夏は古閑とくっついてもいいんじゃないかとつい思ってしまいました)。

さらに原稿中は限りなく人でない生物になりがちな私を支えてくれた家族、オンでもオフでも叱咤激励をくれた友人たちにも、心からの感謝を送りたいと思います。皆さまあっての桐嶋だな…と今回、本当に痛感しました(原稿に携わっている間はほぼ毎日のように「ツマンナイ!」と顔中に書いてあった猫も今日から構い倒したいと思います)。

そして最後に読んでくださったすべての皆さまに、最大限の愛と感謝を捧げます。
ありがとうございました。またお目にかかれることを祈って——。

桐嶋リッカ

この本を読んでの
ご意見・ご感想を
お寄せ下さい。

〒151-0051
東京都渋谷区千駄ヶ谷4-9-7
(株)幻冬舎コミックス　小説リンクス編集部
「桐嶋《きりしま》リッカ先生」係／「カズアキ先生」係

リンクス ロマンス

恋と服従のエトセトラ

2007年4月30日　第1刷発行
2013年8月31日　第5刷発行

著者……………桐嶋《きりしま》リッカ
発行人…………伊藤嘉彦
発行元…………株式会社　幻冬舎コミックス
〒151-0051　東京都渋谷区千駄ヶ谷4-9-7
TEL 03-5411-6431（編集）
発売元…………株式会社　幻冬舎
〒151-0051　東京都渋谷区千駄ヶ谷4-9-7
TEL 03-5411-6222（営業）
振替00120-8-767643
印刷・製本所…図書印刷株式会社
検印廃止

ISBN978-4-344-80988-8　C0293
Printed in Japan

幻冬舎コミックスホームページ　http://www.gentosha-comics.net